엄마 생활

엄마 생활

발 행 | 2021년 05월 26일
저 자 | 정희정
펴낸이 | 한건희
펴낸곳 | 주식회사 부크크
출판사등록 | 2014.07.15.(제2014-16호)
주 소 | 서울특별시 금천구 가산디지털1로 119 SK트윈타워 A동 305호
전 화 | 1670-8316
이메일 | info@bookk.co.kr

ISBN | 979-11-372-4609-6

www.bookk.co.kr
© 정희정 2021

엄마 생활

정희정 지음

CONTENT

글을 마치며

"취미가 뭐예요?"

최근 면접을 본 회사에서 나에게 질문했다.

"글쓰기요."

라고 대답했다. 시간이 날 때 조금씩 끄적여 두었고 가
끔 책을 들추었다. 일하다가도 아이들을 돌보다가도 내
목소리에 귀를 기울였다.
　내 마음이 하는 이야기를 이 책에 담았다.

　서른 중반에 작은도서관에서 우연히 만난 한 권의 책
으로 책에 대한 생각이 달라졌다. 책과 친하지 않았던
나는 아이에게 매일 밤 그림책을 읽어주면서 그림책의
매력에 흠뻑 빠지기도 했다.
　둘째 아이를 임신하고 매일 같이 작은도서관에 다니면
서 의도치 않게 도서관 태교를 했다.
　둘째 아이가 태어나던 날, 책을 구경할 수 없었던 산
후조리원에서 하루 만에 뛰쳐나왔다.

　살림이나 요리에는 취미가 없다. 남들만큼 하는 것 같
다. 청소에는 관심이 없지만 유일하게 책에는 관심이
있다.

옷을 사는 것보다 책 사는 게 좋다. 옷 하나를 살 때는 하루 이틀 고민하고 결국 못 산적도 많지만, 책을 살 때는 거침이 없다.

이 책 안에는 엄마 생활을 하는 평범한 이야기가 나온다. 그리고 엄마를 기다리고 이해하고 함께 성장하는 나의 아이들의 이야기가 나온다. 책에 등장해준 모든 사람에게 다시 한번 고마운 마음을 전한다.

이 책을 나의 사랑하는 딸 하영이와 채영이에게 바친다. 그리고 사랑하는 남편에게도 고마운 마음을 전한다.

정해진 곳에서 오랜 기간 일하기보다 자유로운 생활을 좋아하고, 설거지하는 것보다 책 읽거나 글 쓰는 걸 좋아하는 나는 베짱이 엄마다.

하지만 내가 진득이 해 온 것이 있다. 글쓰기다. 유일한 나의 취미이자 이제는 없어서는 안 될 나의 무기가 되었다. 글을 쓰면 쓸수록 샘 솟는 것을 느낀다.

앞으로도 나의 글은, 나의 책은 계속 써질 것이다. 나와 같은 평범한 사람도 글을 쓰고 평생토록 책을 쓸 수 있다는 걸 알리고 싶다.

엄마가 자신의 목소리에 조금만 귀를 기울여 글을 쓸수 있도록 도와주고 싶다. 나도 그랬으니까. 어려운 시기를 보냈던 나의 이야기에 공감하고 도움을 받았으면 좋겠다.

 엄마이자 간호사로 일하면서 겪은 나의 이야기를 통해 희망을 보고 기쁨을 받을 수 있다면 더없이 좋겠다.

 나는 앞으로도 글을 쓸 것이고 글을 나눌 것이다. 나의 책을 만나는 모든 독자에게 행운과 기쁨이 함께하기를 바란다.

                    2021년 벚꽃이 휘날리는 어느 봄날에

부모라는 베이스캠프

비가 오는 금요일.

아침 새벽에 둘째 아이가 맘마~ 맘마~ 하며 잠을 깼다. 새벽 5시인데. 보통 7시쯤 일어나 분유를 찾는 아이는 오늘은 좀 일찍 분유를 찾았다.

분유 200을 타 주고 베개에 눕혀 먹는 걸 지켜본다. 그사이 나는 다시 잠이 든다. 아침 7시가 다 되어갈 무렵 잠에서 깼다.
자도 자도 피곤한 것 같은 몸.

오늘은 비가 부슬부슬 와서 그런지 아직 어둑어둑하다. 일어나 어질어진 집안일을 조금 한다. 할 게 많다. 아침부터. 널려진 옷을 정리하고 나도 준비해야 한다.

설거지도 해야 하고, 둘째 아이 어린이집 가방을 챙겨야 한다. 주로 사용하는 숟가락, 포크가 있는데 하나씩만 준비했다. 쓰기에도 편하고 집기에도 편한 물품이다. 숟가락과 젓가락도 우리가 딱 쓸 만큼만 수저통에 꽂아둔다.

바람이 스산히 불고 차들은 불빛을 뽐내며 쌩쌩 달린다. 출근 준비를 정말 간단히 하는 편이다.

라디오에서 잔잔한 노래가 나온다. 재즈풍 같기도 하고 목소리 색채가 그대로 드러나는 허스키한 목소리도 들린다. 예전 남편과 사귈 때 남편이 좋아했던 노래가 나온다. 스팅의 Shape of my Heart.

오늘 같은 날에 듣기 좋은 노래다. 나의 남편은 음악을 좋아하고 감성적인 사람이다. 영화를 볼 때 울 때도 있다. 가끔 센티 해지기도 한다. 비가 내리고 추억은 비를 타고 내린다. 노래는 추억을 타고 흐른다.

어제 둘째 아이가 어린이집에서 걷다가 책상에 콩 부딪혀 오른쪽 볼에 멍이 들었다고 했다. 퇴근길에 어린이집 선생님으로부터 전화가 왔다.

보통 어린이집에선 잘 지내면 전화가 없는데 열이 나거나 특별한 사항이 있으면 전화로 알려준다. 이젠 제법 활동량도 많아지고 먹는 양도 부쩍 늘어간다. 아이가 큰다는 건 나도 나이가 드는 것이겠지? 나의 부모도 나이가 드는 것이겠지.

어느 날은 길가에 흩날리는 벚꽃을 보고 부모님 생각이 나기도 했다. 내가 살던 경북 구미에는 금오산 벚꽃길이 유명한데, 그곳에서 학교도 다니고 엄마·아빠와 자주 산책을 했었다.

대학교에 가면서 구미를 떠날 때, 부모님에게 나의 빈자리는 컸다. 엄마는 한참이 지나 이야기하기를 내가 대학교에 들어가고 앨범을 보며 많이 우셨다고 한다. 항상 늘 함께했던 딸아이의 빈자리가 오죽이나 컸을까 싶다. 지금에서야 나도 엄마의 마음을 이해할 수 있을 것 같다. 나도 두 딸아이를 키우면서 요 귀여운 녀석들이 독립하고 자신의 길을 찾아갈 때 어떤 마음일지 벌써 먹먹해진다.

예전에 아이와 함께 읽은 그림책에서 그런 내용이 있었다. 자그맣고 엄마만 찾던 아이가 자라 텅 빈 방을 보는 엄마의 모습. 그리고 엄마는 엄마대로 잘 지내고 있으니 너는 너의 길을 가라. 그런 내용을 담은 그림책이었다.

나의 아이가 성장하는 모습이 그려지면서 딸아이와 침대에서 부둥켜안고 엄청 펑펑 울었던 기억이 난다.

아이는 가끔 할머니 집에서의 추억을 떠올린다.
할머니, 할아버지가 보고 싶다고 말한다. 한여름날 여름 방학 때 나와 아이들은 할머니 댁에서 며칠을 보냈다. 방학 기간 할머니 집에서 밥도 먹고 거실에서 다 같이 뒹굴며 드라마도 보았다.
할머니와 함께 보는 드라마는 특히 더 재미있는 것 같다. 저녁때쯤 되면 할아버지가 맛있는 통닭 한 마리를 사 오신다. 할아버지 언제 와? 할아버지 언제 와? 하며 할아버지도 기다리고 통닭도 기다린다. 할아버지의 통닭은 늘 반갑다.

"하영아~ 통닭 먹자. 할아버지가 통닭 사 왔다."

아이들은 할아버지 주위로 몰려온다. 첫째 애도 우와~ 하며 할아버지와 통닭을 반긴다. 둘째 애도 할아버지 왔다고 기뻐하며 달려간다. 할머니와 할아버지와 맛있게 닭 다리를 뜯고 시원한 콜라도 마시며 아이들은 즐거워한다. 엄마의 밥상이 그립듯이 늘 부모의 사랑이 그리웠다. 아이도 가족의 사랑을 느낀다. 할머니, 할아버지의 사랑을 느끼고 그리워한다.

부모는 베이스캠프라고 한다. 힘껏 걸어가다가 문득 부모님 생각이 난다. 어쩌면 힘이 부친 시기에 절로 부모님 생각이 나는 것 같다. 그래서 부모 베이스캠프에 나는 들른 것이겠지.

나의 부모가 나에게 그랬듯이 내 아이들이 가는 길이 힘에 버겁고 쉴 곳이 필요할 때 돌아와 쉴 수 있게, 에너지를 충전할 수 있게 넓은 부모라는 베이스캠프가 되어야지 생각해본다.

엄마에게 꿈은?

 나에게는 돌보미 선생님이 있다.

 나의 두 아이를 오후 시간 내내 돌봐주신다. 늦게 퇴근하는 나를 대신해 아이의 머리를 감겨주고 식사를 챙겨주신다. 내가 도움이 필요할 때 언제나 늘 나의 곁에 계신다. 나의 아이들을 지켜주신다. 엄마인 나를 대신해 나의 아이들은 선생님을 잘 따른다.

 내가 방문간호사로 일하던 시절, 주로 자동차로 이동했다. 퇴근 시간 차가 밀려 늦기도 하고 길을 헤매기도 했다. 이런 나의 일을 지지해주는 건 다름 아닌 돌보미 선생님이었다. 선생님의 인정은 나를 춤추게 했다.

깜깜한 저녁, 늦어지는 퇴근 시간이다. 차는 밀려서 아주 조금씩 조금씩 움직이고 있다. 이런 와중에 아이들 생각이 나고, 퇴근 시간이 가까워져 조바심이 난다. 선생님이 기다리고 있다는 생각에 잠시 정차한 틈을 타서 카카오톡 메시지를 보낸다.

"선생님, 차가 밀려 좀 늦어질 것 같아요. 죄송해요."
"괜찮아요~. 천천히 와요. "

그 말에 나는 안심한다. 조바심 나던 나의 마음도 진정이 된다. 이렇듯 예상치 못하게 내가 신청한 시간보다 늦게 퇴근하는 날이 있다. 그런 날은 나도 미안하고 퇴근 시간을 지켜주지 못해 죄송한 마음이다. 나의 마음을 알고 읽어주고 안심시켜 주시는 선생님의 마음이 참 예쁘고 고맙다.

엄마에게 꿈은 무엇일까?
집안에서 요리를 잘하고 살림을 잘하는 엄마? 하지만 아쉽게도 나는 그렇지 못하다. 난 그렇지 않다는 걸 혼자만 하는 육아를 경험하면서 알았다.
집에 있어도 짜증을 내고 아이들에게 맛있는 요리를 매번 해주지 못했다.

나의 끼니를 챙겨 먹기에도 바쁜 나날이었다.

그러던 내가 다시 일을 시작했다. 병원 간호사로 몇 개월 근무하면서 다행히 둘째 아이는 어린이집에 잘 적응해주었다.

아이도 적응했으니 이젠 내 차례다. 이전에 다니던 방문간호 회사에 다시 입사하게 되었다. 병원보다는 시간적인 자유로움이 있어 나에게는 적합한 일이었다. 나의 아이들을 돌보고 주말에 쉬는 점이 좋았다. 다시 일을 시작하면서 걱정도 많이 되었다. 내가 잘할 수 있을까?

그런 나의 옆에 돌보미 선생님이 있었다. 간호사로 일하면서 꼭 필요한 일이라고 나의 직업에 대해, 그리고 나의 일에 대해 긍정해주고 믿어주시는 선생님이 있어 차근차근히 한 걸음씩 걸어왔다.

아마 선생님의 지원과 믿음이 아니었다면 여기까지 올 수 있었을까? 엄마들은 누군가 믿어주는 사람이 필요하다. 나의 아이들을 믿고 맡기는 돌보미 선생님은 최고의 지원군이다.

깜깜한 새벽. 나는 조바심이 난다. 걱정된다. 어떡하지? 도대체 어떡해야 하지? 금요일부터 둘째 아이의 어깨부터 팔까지 볼록볼록 터질 것처럼 생긴 수포가 팔 전체를 뒤덮었다.

저녁 시간 아이에게 부랴부랴 옷을 입혀 집 앞 병원으로 향했다.

이런 피부 증상은 처음이었고 상태가 꽤 심각해 보였다. 원장님은 수두를 앓은 적이 있냐고 물었다. 수두를 앓은 적이 없었는데, 대상포진의 가능성도 있다고 했다. 덜컥 겁이 났다.

정확한 진단을 내릴 수 없지만, 대상포진의 가능성이 있으므로 약을 먹고 가라앉지 않으면 큰 병원으로 가보라고 하셨다. 피부약과 연고를 받아와서 그 날 저녁 걱정으로 아이의 팔을 어루만졌다.

주말 동안 약을 먹이고 다른 병원에 방문해보았지만, 아이의 상태는 나아지지 않았다. 오히려 불긋불긋해지고 터질 것처럼 탱탱해졌다. 평소보다 보채는 것 같았다. 뜬눈으로 밤을 지새우며 선생님에게 도움을 요청했다. 나는 대학병원에 부랴부랴 전화로 예약을 하고 선생님을 기다리며 아이를 준비시켰다. 아이에게 옷을 입히고 팔을 볼 때마다 마음이 찢어졌다. 말은 못 하고 얼마나 아플까?

선생님과 함께 일산의 한 대학병원으로 향했다. 아이를 생각하는 마음에 바깥을 볼 여유조차 부릴 수가 없었다. 선생님이 병원까지 함께 가주셔서 안심되고 아이와 함께 병원에 갈 수 있어 다행이란 생각이 들었다.

대학병원은 소아 피부과가 있어서 아이의 피부에 대해 정확히 진단을 내려주었다.

아이의 팔 상태를 보자마자 대상포진이라고 진단을 내렸다. 의사 선생님은 생리식염수와 함께 소독하고 며칠 지켜보면서 가라앉는지 살펴보라고 했다.

아이에게 5분이라는 시간은 꽤 긴 시간이었다. 핑크퐁을 보여 주며 생리식염수를 적신 거즈를 팔 전체에 감았다. 그렇게 무사히 진료를 보고 정확한 진단을 받고 치료를 했다. 생각보다 대기 없이 진료를 볼 수 있어 다행이었다.

그렇게 일주일을 약을 먹고 연고를 바르며 매일매일 소독을 했다. 아이의 팔을 하루 이틀이 지나니 터질 것처럼 팽팽했던 수포는 점점 가라앉았고 흔적만 남게 되었다. 병원에서 처방받은 재생 크림 연고를 매일 같이 발라주고 어느덧 지금은 거의 찾아볼 수 없을 정도로 피부는 깨끗해졌다.

성인에게 대상포진은 무서운 병이다. 신경을 타고 지나가는 통증으로 극심한 통증에 시달리기 때문이다. 어린 아기들도 드물긴 하지만 수두 바이러스와 같은 바이러스가 어떤 이유 때문인지는 모르겠지만 대상포진을 일으키기도 한다.

다행히 어린 아기들은 성인처럼 극심한 통증까지는 유발하지 않는다. 다만 부풀어 오른 피부를 만지고 터뜨릴 수 있어 주의가 필요하다. 대상포진이란 병을 겪으면서 나와 아이, 그리고 선생님은 한 뼘 더 성장했다.

내가 그때 새벽에 필요한 것은 무엇이었을까? 나의 걱정과 고민에 안절부절못하던 그때, 누군가 곁에 있어 주기를 바란 마음이 아니었을까?

이 세상에 문득 나 혼자라고 느껴질 때가 있다. 아이의 일거수일투족은 엄마에게 달려있다.

그 막중한 책임감에 한 번씩 자신감을 잃어갈 때가 있다. 아이가 아프면 엄마인 나는 더 강해져야 했다. 하지만 엄마도 사람인지라 실수를 하고 엄마도 완벽하지 않다는 걸 안다. 엄마도 걱정을 많이 하고 나의 아이를 위해 무엇이 최선인지 고민하지만, 최선의 결정을 할 뿐이다.

그 곁에 선생님은 나의 위안이었고 조언자였다. 옆에만 있어 주어도, 같이 고민해주고 아이의 방향을 함께 이야기 나눌 수 있는 사람이 있다는 사실이 얼마나 감사한지 새삼 깨닫게 되는 하루이다.

아이들이 올바르게 커 나갈 수 있는 건, 엄마 아빠와 선생님들이 있기 때문이다.

나의 꿈을 그리고 아이의 꿈을 그리고 건강하게 자랄 수 있도록 돌봐주시는 이 땅의 선생님들에게 감사의 인사를 전하고 싶다. 감사합니다.

아이가 남편을 바꾼다

 남편은 걷는 것을 싫어한다. 나가는 것을 싫어한다. 하지만 나는 아이들과 바깥 놀이를 늘 나가고 싶다.

 나들이를 함께 나가는 게 소박한 꿈이었고, 한 번쯤 내가 밀어붙여 나가는 날이 있어도 반응이 시큰둥했다. 어느 날부터인가 남편을 끌고 나오는 일은 포기했다.
 집 밖을 싫어했던 사람, 나들이의 '나'자도 몰랐던 사람이었다. 그랬던 나의 남편이 조금씩 바뀌고 있다.

 둘째 아이가 태어났다. 둘째 아이를 맞이하던 순간 남편은 아쉽게도 함께 하지 못했다.

새벽에 이슬이 비추어 병원에 갔다. 그날이 아주 정확히 만삭 사진을 찍는 날이었다는 사실.

결국, 우리는 만삭 사진을 찍으러 가기로 했던 그 날에 둘째를 낳으러 병원에 갔다. 나의 여동생의 집에 다녀오는 사이, 나는 혼자 외로이 진통을 견디고 둘째 아이를 맞이했다(남편은 첫째 아이가 태어났을 때 두 번의 눈물을 쏟았다).

아쉽게도 둘째 아이가 태어나고 10여 분이 지나 남편은 첫째 아이와 나의 여동생과 함께 들어왔다. 그렇게 둘째 아이와 대면을 하게 된 그.

나는 첫째 아이의 육아에 온 힘을 기울였다.

그도 그럴 것이, 정말 일도 하면서 첫째 아이를 어린이집 종일반에 맡겨가며 육아를 해왔다.

신림동의 언덕길을 매일 같이 오르락내리락 했었고(남편의 도움도 많이 받기는 했지만), 병원 갈 일이 있을 때도 아이를 들쳐 안고 급하게 택시를 타고 병원을 다녀온 적도 있었다.

예방 접종을 하기 위해 아기 띠를 매고, 버스를 타고 보건소에 다녀오기도 했다(서울에 살 때는 운전이 무서워 10년 동안 장롱면허였다).

집에 오면 육아와는 전혀 상관없는 표정으로 앉아있는 남편을 볼 때가 많았다.

그 당시 살았던 빌라는 4층이었는데, 지하 주차장 좁은 빈 곳에 유모차를 세워두곤 했다. 지금 생각해보면 차들이 왔다 갔다 하는 그 공간에서 유모차에 얼마나 많은 먼지가 씌워졌을지….

그 당시엔 별다른 방법이 없었다. 그렇게 해서라도 아기를 데리고 근처 산책하러 가고 싶었다. 산책을 싫어하는 남편이었기 때문에, 오롯이 나 혼자의 힘으로 유모차를 끌고 오르내리며 아이를 데리고 유모차 나들이를 가곤 했던 기억이 난다.

김포로 이사 와서도 첫째 아이의 육아는 90% 이상이 온전히 내 몫이었다. 내가 자는 아이에게 옷을 입히고 벗기면서 그렇게 아이를 돌보았다.

어린이집을 알아보는 것도 내 몫이었고, 어린이집 등하원도 남편 역시 장거리를 다니고 있었기에 사실 부탁할 상황이 아니었다. 그나마 근처 병원에서 일하면서 내가 시간상으로 여유가 되었기에 내가 아이를 데리고 오고, 또 데리고 갔다. 그러던 아이가 7살, 8살, 9살이 되었다.

아이를 위주로 생활했고 남편이 육아를 온전히 나에게만 맡긴다는 생각 때문에 나는 아이를 위해 나의 시간을 많이 할애했다. 함께 도서관을 다니고 함께 맛있는 것도 먹으러 다녔다.

시간이 될 때마다 아이와 함께 가고 늘 함께했다. 그러다가 둘째 아이를 임신하고 둘째 아이가 태어나니 첫 아이에게 온전히 나의 시간을 쏟아부었던 시간이 반 토막, 또 토막, 또 토막, 이제는 거의 남아 있지 않게 되었다.

둘째 아이를 임신하면서 생각했던 것 같다. 나는 첫째 아이의 육아에 정말 온전한 힘을 다했다.

그러니 이제는 정말 남편의 몫을 두어야겠다고 다짐했다. 사실 그런 것보다 실제로 체력이 너무 따라주지 않았다. 첫째 애 이때와는 다르게, 이미 일곱 살 터울이 생긴 둘째 아이를 육아하기에는 나의 체력도 너무 바닥이 나 있었다.

평소 몸 관리도 거의 하지 않은 몸이라 더욱 그랬을지도 모른다.

어쨌든 나는 둘째 아이를 출산하고 몸이 좋지 않아 늘 한의원을 다니며 한약도 먹고, 침도 맞으러 다녔다. 그러는 동안 자연스럽게 둘째 아이를 잠깐씩 맡기게 되었다.

병원을 가야 하기에, 내 몸이 육아하기에 턱없이 체력이 모자라니 어쩔 수 없었다. 첫째 아이 때는 사실 남편이 잘 돌보아줄 것 같지 않았기에 오롯이 내가 전담하며 육아를 해 온 탓도 있을 것이다.

그런데 아이를 육아하면서 조금은 돌봐주지 않을까? 믿음으로 (물론 80% 이상은 불안감도 존재했지만) 그저 맡기려고 했다. 어떻게든 되겠지…. 울어도 분유를 타 주겠지, 어떻게든 한 시간, 두 시간은 달랠 수 있지 않을까?

그렇게 한 번을 맡기고 두 번을 맡겼다. 가능한 주말마다 남편에게 둘째 아이를 부탁하려고 했다.
그렇게 단 삼십 분을 힘들어하던 남편이 지금은 한 시간, 두 시간은 그런대로 아이의 뜻에 맞추어 돌보아 준다. 나에게 카톡으로 사진을 보내오기도 한다. 아는 지인이 운영하는 카페에 데리고 가서 계단을 오르내리기도 하고 사과 주스를 주문해서 빨대로 쪽쪽 들이키는 모습을 보내오기도 한다.

아이를 육아하는 건 부부의 공동 몫이다. 처음부터 잘하는 부모도 없다. 처음부터 잘 하는 아빠도 없다. 나는 첫아이를 키우면서 내가 꼭 끼고 있었던 것 같다.
난 생각이 들었다. 둘째 아이는 남편에게도 아빠의 자리를 만들어주고 싶었다. 커서 어색한 사이가 아니라, 아빠와 딸 사이에 끈끈하고 돈독한 관계가 되기를 바랐다. 그러기 위해선 나의 의도적인 부탁이 필요했고 어느 정도 (못 해도) 눈감아 주는 감각을 발휘할 때도 필요했다.

정말 맘에 안 드는 것도 있지만(흘리는 걸 워낙 싫어하는 사람이라 밥을 자유롭게 흘리면서 먹게 하지 않고 꼭 숟가락으로 입에 또 준다) 그런데도 아빠와 있을 때는 아빠 스타일대로 밥을 먹을 수 있게 한다.

내가 살짝 틈을 주었더니 남편은 둘째 아이와 정말 가까운 사이가 되었다. 압~~빠~! 압~~빠~ 라며 입을 뻐끔뻐끔하면서 아빠를 부를 때, 남편은 입가가 한 없이 올라간다. 그 모습을 지켜보는 나도 참 마음이 좋다. 이 사람, 이런 웃음도 지을 줄 아는 사람이었구나. 싶다.

둘째 아이를 바라보는 모습은 한없이 다정한 아빠다. (물론 울며 떼쓰는 요즘 시기에 버럭버럭할 때도 있다. 사람은 쉽게 변하지를 않으니….) 그런데도 첫째 때와는 비교될 정도로 화를 다스리는 수위도 조절하는 것 같다. 화를 내는 범위와 크기가 줄어들었다. 아마도 둘째 아이와 단둘이 하는 시간이 많아서 그런 것이며 내가 한 발짝 뒤로 물러나서 일 것이다.

아이가 남편을 조금씩 바꾼다. 거칠고 성난 돌처럼 모난 남편을 둥글둥글하고 섬세한 아빠로 조금씩 바꾸는 듯하다. 아빠가 엉덩이춤을 추는 모습을 자주 보여 주니 엘리베이터에서 엉덩이춤을 씰룩 씰룩 따라 추고 있는 딸아이를 본다.

흘리는 걸 여전히 싫어하는 그이지만, 구시렁대면서도 아이가 엎질러버린 물을 수건으로 묵묵히 닦아준다. 이제는 제법 나의 시간을 허용해 줄 줄도 알고, 내가 카페에 가 있는 동안 자기가 아이를 데리고 육아의 도움을 받아야겠다며 아는 지인이 운영하는 카페에 데리고 가서 재우기도 한다. (혼자서 육아를 하기에는 아직도 힘이 들었나 보다) 내가 보기엔, 아이 낮잠 잘 시간에 재우러 가는 것으로 보이지만 그런들 어떠하리.

단지 함께 있는 그 순간, 그 공기만으로도 그리고 아빠가 안아주는 그 감촉만으로도 아이는 충분한 사랑을 받을 것이다. 둘만의 추억이 생기고 또 둘 많이 느끼는 공기가 존재한다.

내일은 또 어떤 추억이 새겨질까?

일곱 살 터울을 키운다는 건

일곱 살 터울을 키운다는 건, 어떤 기분일까?
어떤 의미일까?

둘째에 관한 고민을 많이 했었다. 둘째 고민은 낳아야
만 끝난다는 말이 있다. 정말 그랬다.
첫째 아이가 5살이 되고 6살이 되어가면서 둘째에 대
한 미련이 남았다. 지금의 형편상, 나의 사정상, 집안
경제적인 이유로 둘째를 갖는다는 건 나에게 사치였다.

그렇게 생각을 하고 또 생각했다. 그러다 나의 아이가
일곱 살이 되는 무렵, 나는 둘째를 임신했다.

7년 동안 동생 없이 외동으로 지내왔다. 아이와 나는 늘 함께였고, 육아에 무관심한 남편이었기에 늘 둘이서 다녔다. 아이 이쁜 줄 모르던 남편이었다. 인상을 쓰면서 다니는 모습을 보고 싶지 않았다. 그랬기에 우리는 더욱 붙어 다니고 함께 지냈다.

그러던 와중에 둘째를 임신하면서 소홀히 안 대하려 노력했다. 아이가 외로움을 느끼지 않게 관심을 주려고 신경 썼다. 하지만 둘째가 태어나면서 상황이 반전되었다.

일곱 살 터울을 키운다는 건 나에게 이런 의미이다.

하나, 끝난 줄 알았던 뽀로로가 다시 시작되었다.

뽀로로를 근 5년 동안이나 좋아했다. 뽀로로 키즈카페에도 자주 놀러 갔다. 뽀로로를 틀어주고 함께 노래를 불렀다. 아이가 성장함에 따라 티브이 채널로 변하기 마련이다. 시크릿쥬쥬에 폭 빠지더니 초등학교 입학 전에는 신비 아파트를 열창했다. 그랬던 딸아이가 지금은 도티 잠뜰 등 인기 크리에이터들을 자주 보았다.

요즘 나오는 인기스타나 아이돌은 다 꿰뚫고 있었다. 더욱이 티브이를 거의 안 보는 나에게는 생소하리만큼 많이 컸다고 느껴진다.

그러던 딸아이의 성장에, 둘째 아이의 탄생과 다시금 뽀로로 채널이 시작되었다!

첫째 아이가 좋아하는 아이돌이 나오는 프로그램이나 선을 넘는 녀석들, 책을 읽어드립니다 등 다양한 채널을 원하는데, 그 옆에 있는 둘째 꼬맹이에게 채널 우선권을 넘겨줘야 한다.

울며 떼쓰기 시작하는 세 살의 시기가 왔기 때문이다. 달래기 위해서 뽀로로~ 뽀로로~를 외쳤으며, 늘 동생에게 채널 우선권이 넘겨졌다. 그러는 동안, 핸드폰으로 자신이 좋아하는 영상을 보며 첫째 아이는 자기 나름의 시간을 형성해 나가기 시작했다.

둘, 문구류를 준비하면서 기저귀도 다시 시작되었다. 첫째 아이가 학교에 입학하면서 준비물이 많아졌다. 연필과 지우개, 아이가 소소하게 사용하는 학용품들이 많았다.

문구점에서 필요한 물품을 준비하고 서점에 가서도 아이에게 필요한 학용품이 무엇인지 늘 눈여겨본다.

그러는 동시에 둘째 아이에게 꼭 필요한 기저귀가 다시 시작되었다.

어린이집에도 보내야 하기에 늘 갖춰두어야 한다. 팬티형, 밴드형 두 가지 종류를 번갈아 준비했고 잠을 잘 때 요즘 소변량이 부쩍 늘어서 잠자리용 기저귀를 따로 준비해야 했다. 조만간 기저귀에서 독립할 날도 머지않았음을 느낀다.

셋, 엄마와의 시간이 훨씬~~~썬 줄어들었다.

갓난아기부터 어린이집에 보내온 시간 동안, 그 외의 시간은 거의 내 몫이었다. 아이를 데려다주고 등 하원을 시켰다. 그러던 아이가 세 살, 네 살, 아홉 살이 되었다.

동생이 태어나 아기의 탄생을 느끼기도 전에 언니라는 이름이 붙여졌다. 엄마가 나만 바라보았는데, 이젠 동생 위주다. 안전을 신경 쓰고 24시간 육아를 맡은 엄마라는 사람은 첫째 아이가 학교에 갔다 오는 시간 잠시 잠깐도 동생에게 자리를 내주어야 한다.

엄마와 단둘이 짜장면을 먹으러 데이트하는 일, 집 근처에 차를 타고 작은 분수대에서 물을 만지면서 놀았던 일, 엄마와 웃고 즐기며 솜사탕 먹었던 일….

이 소소한 일상들이 지금은 매우 귀한 시간이 되었다. 드물긴 하지만, 잠시 잠깐 주말에 틈을 내 첫째 아이와 데이트를 하려고 하지만, 아이는 부족하다.

넷, 병원 진료와 약 봉투가 다시 늘어버렸다!

첫째 아이는 백일 무렵부터 일찍 어린이집에 가면서 폐렴이 자주 왔었고 입원도 6번 정도 했을 정도로 자주 수액을 맞았다. 그러던 아이가 다섯 살 무렵부터 한약도 챙겨 먹고 자신의 면역력이 생기기 시작하더니 초등학교에 들어가면서 아픈 횟수와 경도가 줄어들었다.

이젠 건강해졌구나~ 다행이다! 라고 생각한다. 이제는 둘째 아기인 동생의 예방 접종 시즌이 시작되고, 환절기에 철마다 걸릴 수 있는 감기도 다시 시작되었다.

 둘째는 정말 급작스럽게 대상포진이라는 질병에 걸리기도 했는데, 한 달가량을 약을 먹이고 매일 매일을 아이를 다독이며 지냈던 지난 시간이 떠오른다. 그렇게 엄마 마음을 졸이며 아이는 분유도 잘 먹고, 유산균, 초유 파우더, 한약을 거쳐 건강하게 잘 성장하고 있다.

 다섯, 엄마의 주름살이 늘었다.

 어느 날 저녁, 딸이 말했다. 딸이 말한다. 엄마, 동생이 태어나고 주름살이 늘었어!!

 그래. 엄마 주름살만 늘었겠냐…. 밤에 잠을 다시 못 자고 깨는 순간이 많아졌다. 엄마가 되면 왜 자주 깨나…. 했더니 정말 그렇게 될 수밖에 없는 바이오리듬 구조를 갖추게 되었다.

 아이가 자다가 침대에서 떨어지기도 하고 아이가 열이 날 때는 어떤가? 아이가 열이 나면 해열제를 먹이고 미온수 마사지를 해야 한다.

 열이 잘 안 떨어지기라도 하면 정말 꼬박 밤을 새우기도 했다. 업고 달래기도 하고, 아기 띠를 다시 꺼내야만 했다.

 무엇보다 많이 일하면서 아이들을 돌보니 체력이 정말 바닥이 났다. 밤에 잠을 못 자서 늘 피곤했다.

얼굴은 점점 푸석해졌으며 아이를 돌보다가 내가 먼저 졸았던 적도 한 두 번이 아니다.

여섯, 고급어휘와 짱구 만화책을 살 때, 보행기를 준비해야 한다.

아이에게 그림책을 참 많이도 읽어주었다. 다섯 살 되던 무렵 본격적으로 읽어준 듯하다. 그래서 나의 첫 번째 책이 탄생하게 된 것이지만….

매일 매일 읽어주다가 동생을 돌보며 모유 수유를 해야 해서 그때부터 아이 혼자 읽기 독립을 했다. 스스로 읽게 된 것이다.

그림책에서 만화책으로 넘어가면서 많은 그림과 많은 대화를 읽어내기 시작했다. 짱구를 좋아하고 쿠키런, 카카오프렌즈 등의 시리즈물을 좋아했다.

많은 책을 사주었는데 영어를 배우기 시작하면서 교재가 내가 보기에도 어려워졌다. 그러는 동안, 둘째 아기는 보행기가 필요했다.

그렇게 일곱 살 터울의 자매는 각자 필요한 물건 들을 때에 맞추어 준비해주었다.

물론 경제적인 비용도 만만치 않았다. 육아용품을 싹 정리했는데 처음부터 모든 것을 다시 준비해야 했다.

일곱, 엄마와의 시간이 줄어들었듯이, 엄마의 시간도 반 토막이 났다!

그림책을 매일 읽어주었던 엄마가, 이제는 동생 아기와 함께 있다. 얼마나 서러웠을까. 옆에서 읽어주려고도 많이 노력했지만, 생각보다 잘 안 되었다. 대신 좋아하는 책을 사주고 이제 어느덧 두 돌이 넘은 동생과 함께 책을 읽는 시간이 조금씩 생기고 있다는 건 다행이라 생각한다.

아이에게 엄마와 함께 하는 시간이 줄어든 만큼, 나, 엄마도 마찬가지다. 그동안 정말 프리~~하게 지내온 시간이 있었는데…. 아기와 늘 함께였다.

밥을 먹을 때도, 화장실에서 볼일을 볼 때도. 그러는 동안 어린이집에 가고 주말에는 남편에게 잠시 한 ~두 시간 정도 아기를 돌봐달라고 부탁했다. 그렇게라도 나의 시간을 조금씩이라도 챙겨야 했다.

일곱 살 터울을 키운다는 건, 육아가 끝난 줄 알았는데 다시 시작됨을 의미하며, 미니멀리즘을 추구하며 정리했던 짐들이, 다시 늘어남을 의미한다. 짐을 정리하면서 또 다른 짐을 들여놓았다.

그런데도, 두 아이를 키운다는 건 내 생에 가장 빛나는 엄마라는 이름으로 살아갈 수 있게 만들어 준 두 보물이 내 곁에 있음을 의미하고, 엄마가 살아가는 이유이자, 살아가는 존재 그 자체임을 문득문득 깨우쳐 주는 너희들이 있어 엄마는 오늘도 참 고맙다.

살아있음이 기적이고, 걸어 다닐 수 있음이 기적임을, 너희를 볼 수 있고 함께 웃을 수 있음에 늘 감사해.

엄마의 주름살이 늘어나는 것도 사실이고, 힘이 부친 것도 사실이야. 도저히 끝날 것 같지 않은 날도 있고 피곤함에 쩌는 날도 상당히 많지.
정신적인 부분과 안전과 먹거리에 신경 써야 하는 매일매일의 하루가. 힘이 안 든다면 그건 거짓말이지.
솔직히 체력은 달리고 힘은 들지만, 내 앞에서 엉덩이 춤 추고 이상하고 괴이한 흉내를 내는 너희를 보면 또 까르륵 웃기도 해.

시소를 타는 것처럼 두 아이 사이에서 오늘도 엄마는 분주하지. 매일의 소용돌이 같은 일상 속에서 팽팽 튀어 오르는 생각을 하나, 두 개씩 잡아 오려 너희들과의 추억을 기록해내지.
너희의 순간순간이 소중하고, 또 엄마의 가장 젊고 푸른 지금의 시간이 소중하기 때문이다.
사랑하는 나의 딸들~ 엄마를 선택해 주어서 고맙고, 엄마의 딸로 잘 자라주어서 이쁘다.
사랑한다. 꼬맹이들~

싸우고 울고 삐지고 화해하고

우리 집에는 일곱 살 터울 자매가 있다.

일곱 살 터울로 둘째가 태어났다. 집에 아이들을 돌보러 와주시는 돌보미 선생님이 언젠가 말했다. 단점을 찾아보기 힘들다고.

일곱 살 터울이라서 좋은 점만 눈에 보인다고 말이다.

일곱 살 터울이라 둘째는 한없이 아기처럼 느껴지고 첫째는 비교가 되어 크게 느껴진다.

첫째와 데이트를 하면 한없이 아기 같고 또 귀엽고 이쁘기만 한데, 함께 다 같이 있으면 또 큰 어른이 되어버린다.

내가 보기에만 그럴까?

침대에서 알콩달콩 노는 자매. 서로의 얼굴을 만지고 꼭 끌어안기도 한다. 투덕투덕 소리 지르기도 하고 서로 목청 높여 다툴 때도 있다.

첫째는 맞아도 참고 울음을 터뜨린다. 둘째를 나무라면 입술을 삐죽 내민다. 이제 제법 말귀를 알아듣고 '싫어 싫어~' 표현을 하는 둘째다.

첫째는 슬라임을 너무 좋아하고 진심으로 아낀다. 그럼 둘째는 같이 옆에 붙어서 달라고 떼를 쓴다. 지금은 입에 넣을 때가 지나서 다행이지만, 여전히 조몰락거리다가 옷에 묻힐 때가 많아 가능하면 옷에 덜 묻는 슬라임으로 둘째 전용으로 함께 사둔다.

언니 걸 좋아하는 게 많다. 사용하던 색연필도 사인펜도 모두 동이 난다. 뚜껑을 여닫는 걸 좋아하고 안 닫아놓고 한번 색칠을 하기 시작하면 두 동강이 나도록, 다 쓰도록 칠을 한다.

언니 전용 크레파스, 물감이 둘째에게 넘어가면 장난감이 된다. 그래서 '언니 전용'으로 다시 사줄 때가 많다.

그렇게 어르고 달래가며 색칠을 하고 함께 칠을 하고, 오래되어 누레진 블라인드에도 색칠하고 베란다 벽에도 물감칠한다.

집안 곳곳이 그들의 작품세계이고 예술 무대이다. 둘이 잘 놀면 되었다. 둘이 노는 동안 엄마는 설거지도 하고, 요리도 한다. 둘이 목욕탕에서 노는 동안 집안을 정리하고 엄마의 시간을 잠깐이지만 가지기도 한다.

첫째 아이를 키우면서 분유를 뗄 때, 기저귀를 뗄 때가 육아에서 많이 벗어난 느낌이 들었다. 혼자서 쉬야를 가릴 때는 정말 행복했다. 스스로 대소변을 가리고 혼자서 손톱을 깎거나 귀를 후비거나 머리를 빗을 때. 스스로 머리를 묶을 때 정말 다 컸다 느낄 때가 많았다.

일곱 살 터울이다 보니 잠깐이라도 동생을 돌봐줄 때가 많다. 울음을 터뜨릴 때 달려가 주고 심심할 때 같이 놀기도 한다. 함께 동영상 시청을 하기도 하고 티브이 앞에서 둘이서 춤을 출 때가 많다. 서로의 몸짓 발짓을 따라 하고 깔깔 웃는다. 가끔은 동생의 기저귀를 갈아주기도 하고 나 대신 동생의 머리를 묶어주기도 한다.

내 눈이 아이만을 바라볼 때가 있었다.
매일 밤 잠들기 전 그림책을 읽어주었다. 둘째 아기가 태어나고 나는 매일같이 읽어주던 그림책을 첫째 아이에게 읽어줄 수가 없었다. 젖을 물려야 하고 어르고 달래고 기저귀를 갈아야 했다.

독박육아를 하면서 아기와 늘 붙어 있었다. 그러다 보니 첫째 아이는 늘 혼자였다. 함께이지만 늘 혼자인 기분이었다. 그걸 알면서도 차분히 눈을 맞추고 이야기를 들어줄 수가 없었다.

입에 물고 빨고 쪽쪽 이를 하고 수시로 분유를 먹이곤 했다. 꼬물꼬물, 한창 앉고 서고 걸음마 연습을 했다. 낯을 가리고 울고 떼쓰고 육아의 현장으로 다시금 돌아갔다.

아이를 키운다는 건 품을 내준다는 걸 의미한다.

시간의 품, 정성의 품, 요리의 품, 청소의 품, 마음의 품.

다시금 흘리고 지저분해지고 어질러도 아이를 돌보다 보면 마음의 폭이 조금씩 넓어지는 것을 느낀다.

남편을 보면 더 느낀다. 남편은 깔끔한 성격이다. 군대에서 빨래와 청소를 몸에 익힌 덕분인지, 양말도 짝을 맞추어 널어놓고 청소도 나보다 조금은 더 깔끔한 체를 하는 성격이다. (자기 방은 먼지가 쌓이도록 그냥 두는 편이지만….)

아이가 흘리는 걸 잘 보지 못한다. 흘리면서 먹는 것을 싫어하고 어지르는 것을 싫어했다. 그런데 둘째 아이를 돌보며 여기저기 흘리고, 지저분해져도 이제는 조금은 눈을 감아주는 편이다. 그냥 그러려니…. 생각하는 것 같다.

칼국숫집에 간 적이 있다. 홍합이 아주 엄청 듬뿍 올려져 있어서 탱글탱글 싱싱한 오동통한 홍합을 초장에 콕 찍어 먹는 맛이 일품인 칼국수 집에 간 적이 있다.

남편을 구슬려서 아이들과 함께 자리에 앉았는데 둘째는 가만히 있지 않았다. 마침 오기 전 분유를 먹고 왔기 때문이다. 휴대전화 동영상을 보여줘도 자리에 앉아 있기 힘들어했다.

어르고 달래기도 해보았지만, 결국 먹는 둥 마는 둥 홍합이 코로 들어가는지, 채 느끼기 전에 자리에서 일어나야 했다. 외식은 우리에겐 사치였다. 남편은 있는 대로 화가 났고 맛있는 홍합과 칼국수를 제대로 못 먹어서 뿔이 났다. 겨우 구슬려서 칼국숫집에 갔는데 남편도 화를 내고 나도 제대로 먹지 못해 속상했다.

둘째 고민은 오래도록 했다.

해가 갈수록 둘째? 경제적인 상황도 생각하고 육아 대부분을 엄마인 내가 오롯이 감수해야 한다는 걸 이미 알기 때문에 쉽게 결정할 수가 없었다.

그렇게 일곱 살 터울이 되어서야 둘째를 맞이했다. 첫째 아이와 함께 하는 시간, 눈 맞추던 시간, 함께 놀고 먹던 시간이 송두리째 없어져 버린다. 첫째 아이에게 향했던 모든 정성과 감동이 둘째 아기가 크는 몇 년간은(2~3년) 송두리째 사라져버린다.

첫째 아이를 위해 둘째를 생각하는 건, 첫째 아이에게 오롯이 혼자만의 시간을 제공하게 만든다. 나는 참 많이 미안했다. 갓난아기 곁에서 있으면서 한창 초등학교 입학 시기에 엄마가 옆에서 봐주고 돌봐주어야 하는 많은 것을 함께 못 한 것 같아 내심 많이 미안했다. 그림책 읽어주는 것도 뚝 끊겨버려서 너무 속상했다.

다행히 고물이던 둘째 꼬맹이가 걸음마를 하고 함께 맛있는 걸 먹고 함께 외출하면서 우리는 함께 하는 시간이 많아졌다. 함께 솜사탕을 먹고 비눗방울을 불고 함께 길을 걷는다.

늘 작은 아이가 앞장을 서면서 우리는 함께 걸었다. 자기주장도 생겨 고집을 부리기도 하고 언니에게 대들기도 한다. 언니에게 질세라 소리를 지르기도 하고 마음대로 잘 안되면 엉엉 울어버리기도 한다.

삐지기도 하고 장난치기도 한다. 졸업했던 키즈카페를 다시 입학하고. 동생의 편을 들어주고 일러주고. 함께 미끄럼틀을 타고. 동생이 울면 엄마에게 혼나기도 하고….

혼자여서 그리고 함께여서 좋다. 너의 곁에 내가 우리가 함께해서 좋다.

따사로운 햇살처럼 둘째가 왔다.

서툰 엄마였고 부지런하지도 않은 엄마였다. 그런데도 네가 왔다. 엄마라서 네가 선택해서 나에게도 온 것이 겠지?

매일 함께하는 순간이 때로는 버거울 때가 있다. 당연한 거지. 먹고 자고 입고 모든 것을 너무 다 잘하려고 하지 마라. 나에게 말을 건넨다. 내 곁에는 일곱 살 터울의 자매가 있으니까. 두 아이를 바라보는 눈이 일상이 되었다. 가끔은 엄마의 빈자리를 언니가 채워주고 함께 춤을 추고 함께 뒹군다.

p.s. 나의 딸에게

너는 아기였고 엄마를 세상 전부인 양 바라보던 아기였다. 그런 네가 언니가 되었고 엄마의 흉내를 내기도 한다. 언니라는 자리가 좋지만은 않았을 텐데. 동생이 울면 너를 닦달하기도 했지.

동생에게 물 마시라며 따라주던 물컵을 동생이 떨어뜨려 깨졌을 때, 너는 혼이 났지. 왜 동생에게 유리컵을 주었냐며. 아빠는 흘린 물과 깨진 컵 조각을 치우고 엄마는 화난 표정으로 너를 바라보았지.

동생이 잘못 디뎌 넘어지기라도 하면 엄마가 화를 내었지. 조심 좀 하지! 하고 말이야…. 네 잘못이 아닌데.

네 잘못이 아닌 걸 알면서도 엄마는 너에게 화를 내었다. 미안하다. 동생과 낮은 침대에서 놀고 있는 모습을 네가 촬영한 적이 있었다. 그 동영상에서 엄마는 화내는 나의 모습을, 그리고 그런 화를 묵묵히 받아주는 너의 모습을 보았다. 그리고 가슴이 아팠다.

뭐라 말할 수 없지만, 엄마에게 토씨 하나도 달지 않고, 늘 그런 듯이 받아들이는 너의 모습에 마음이 아팠다. 그리고 후회했다. 객관적으로 보니 알겠더라.

엄마가 많이 부족한 사람이라는 걸.

너에게 이유 없이 화를 내어서 미안하다고 말하고 싶었다. 네 잘못이 아닌데 동생이 울거나, 다칠 뻔하면 엄마도 놀라서 옆에 있는 너에게 화를 내어서, 엄마 감정을 너에게 화풀이해서 정말 미안했어.

생각해보면 어쩌면 나보다 내 딸인 네가 더 어른인 것 같다고 생각이 든다.

그런데도 늘 웃어주는 네가 있어, 너희가 있어 참 행복하다. 지금처럼 오늘이란 테두리 안에서 재미를 느끼고 함께하는 즐거움을 알아가고 채워가고 싶다.

일곱 살 터울이어서 참 좋다. 그리고 너희들의 엄마로 엄마를 선택해줘서 고맙다. 사랑해.

부모가 되어보니 알겠다

주섬주섬.

엄마가 남긴 반찬을 먹고 있었다. 어릴 때 즐겨보던 모습 중 하나이다. 우리들의 저녁 식사가 끝나고 엄마는 늘 남은 반찬을 주섬주섬 먹고 있었다.

"반찬이 남으면 아깝잖아~"

엄마는 말했고, 우리는 엄마 그만 먹어 저녁에 먹으면 살쪄. 그러니까 살이 찌지. 농담 반 진담 반으로 엄마에게 말했던 것 같다.

부모가 되어보니 알겠다.

남은 반찬이 얼마나 아까운지. 특히 갓난아기가 이가 나고 자라 이유식을 만들 무렵이 되면, 각종 도구 아이템을 살펴보고 사기에 이른다.

갓난아기의 입속은 신비함 그 자체였고, 모유를 물리고 분유를 먹이고 쌀을 갈아서 만든 쌀미음을 만들던 순간을 엄마들은 잊지 못할 것이다.

첫 쌀미음을 먹던 날, 아이가 잘 먹을까? 잘 받아먹을까? 조그만 숟가락에 물처럼 하얀 미음을 담아서 아이의 입에 건넸을 때 생각보다 잘 받아먹었을 때 그때의 기분은 행복이었다. 우와! 먹는구나. 태어나 처음으로 맞이한 쌀이라는 이유식은 나에게 감탄이었고 위안이었다.

믹서기에 아주 많이 드르륵드르륵 갈아서 냄비에 물과 함께 넣어 휘 휘저어주고 끓이면 쌀미음이 된다. 아이 전용 식기에 조금만 담아서 후후 불어서 아이의 입속에 넣어준다.

아이는 첫 밥을 음미했고 한 숟갈 두 숟갈 받아먹었다. 이유식을 만들기 위해 책을 보고 휴대전화로 검색을 한다.

아이를 위한 전용 밥그릇과 믹서기, 이유식 전용 냄비, 이유식을 담을 그릇, 이유식을 만드는 데 필요한 도구들을 검색하고 산다.

종류도 너무 많아서 선택의 장애도 오지만, 아이를 위한 것이기에 조금 비싸지만 좋은 것으로 선택하고 싶은 것이 엄마의 마음이다.

이유식을 만들고, 쌀미음으로 시작했던 이유식은 애호박, 양배추, 고구마 등의 각종 채소들이 추가되면서 아이에게 새로운 맛의 세계로 이끈다.

생전 먹어보질 않았던 브로콜리도 아이의 이유식을 위해 사게 되는데, 아주 소량 조금만 필요하다 보니 나머지는 데쳐서 초장을 찍어 먹거나 다음 이유식을 위해 일정 부분을 남겨두기도 한다.

아이의 입에 들어가는 것이라 시럽도 메이플 시럽 등으로 준비하고(일반 시럽보다 당연히 비싸다) 재료도 일반적인 것보다 '유기농'으로 선택하게 된다.

이유식은 정성이고 사랑이었다.

아이의 첫입에 들어가는 이유식은 그렇게 시작되었다. 첫 이유식을 만들고 아이에게 건네던 그 마음으로 반찬을 만들고 요리를 이어간다.

아이가 커가면서 다양한 반찬을 만들기 위해 요리법을 찾아보고 맵지 않은 간장 위주의 반찬을 주로 만들게 된다. 사탕이나 비타민도 돌 전에는 절대 안 돼~ 했던 것이 둘째 아이에게는 자연스럽게 사탕, 젤리 등 달콤한 신세계로 참 빨리도 빠져들었다.

달콤한 맛을 접하고 제대로 맛있는 자장면의 맛을 접한다. 두 돌이 지나고 세 돌이 지나간다.

내가 하기 힘든 반찬들이 있다.

검은콩 조림, 나물류는 하게 되어도 안 먹고 썩히게 되거나 결국은 버리게 되기 때문에 사더라도 소량만 구매한다. 반찬가게에서 아이가 좋아하는 콩조림, 장조림, 꼬꼬 밥(닭고기로 만든 볶음밥) 등을 산다.

반찬의 양은 많지 않다. 예전 아이가 어릴 때 사용하던 이유식 보관 용기에 조그만 양의 반찬들을 넣어둔다.

어린이집에서 하원 한 둘째의 오늘의 입맛은 어떨까? 두 칸짜리 식판에 검은콩 조림, 꼬꼬 밥을 쓱쓱 비비 준비해둔다. 집에 오는 길에 뽀로로 주스로 허기를 채운 덕분인지 밥을 보고서 별 감흥이 없다.

주말의 어느 날은 항시 비치해두는 주먹밥용 재료로 밥을 손바닥으로 꼭꼭 움켜쥐고 조그만 주먹 법을 만들어주니 배가 고팠던 탓인지 다 먹었다.

며칠 전에도 혹시 먹을까 싶어 만들어주었더니 이날은 그날이 아니었나 보다. 배고프지 않았고, 우유로 배를 채웠다. 또 어느 날은 국수를 조금 삶아 육수 대신 간편식으로 판매하는 소고기미역국의 뜨끈한 육수에 담가주니 엄지손가락을 치켜들며 맛있다고 먹는다.

하루하루가 같을 순 없다. 배가 정말 고픈 날은 냠냠하며 잘도 먹고 또 어느 날은 이미 배가 다른 것들로 채워져 밥이나 국수를 남긴 적도 많다.

아예 손을 안 댄 적도 많다. 두 칸짜리 식판에 평소 잘 먹었던 메추리 알 2~3개를 동동 담아 준 적이 있는데, 아예 손을 대지 않고 그대로 남아버렸다. 안 사기도 모호한 메추리 알 장조림.

퇴근하고 식사를 이미 마친 남편이 아이 식판에 남겨진 메추리 알을 보고 이쑤시개로 콕콕 찍어서 먹었다.

"남기면 아깝잖아~"

과일이든, 반찬이든, 아이가 먹다 남은 반쪽짜리 핫도그든, 남편은 식탁 위에 남겨진 음식을 대부분 먹는다. 처리한다고 해야 하는 것이 맞을까? 먹어치운다.

음식쓰레기 봉투에 들어갈 때면 마음이 아프다고 했다. 장조림은 보통 3~4일 이내로 먹는 게 제일 좋은데, 남편은 자신이 좋아하는 장조림을 '일부러' 아껴두고 안 먹는다고 했다. 아이들이 먹으니까, 아이들이 먹을까 봐, 내가 먹어버리면 아이들이 찾을까 봐!

나 역시 정성스럽게 준비한 음식이 남으면 아깝고, 뜨끈할 때 먹어야 제맛인 음식이 식으면 또 아쉽다.

어느 날은 아이가 고개를 절레절레 흔들며 안 먹는다
고 표현할 때 속으로 '아하, 그럼 내가 먹어야지~'하며
좋아한 적도 많았다.

딸기를 씻으면서 싱싱하고 상태 좋은 건 아이를 주고,
옆에 상해가거나 물렁물렁해진 것을 칼로 대충 도려내
내 입속에 집어넣고는 했다.

'비싼 딸기인데. 버리면 아깝잖아.'

식구들을 위해 준비한 음식은 '정성'이었다.

어머니가 우리를 위해 준비한 먹음직스러운 식사는 사
랑이고 정성이었다. 이유식을 만들던 마음, 가족을 위
해 요리를 하고 음식을 준비하던 마음이 식탁 위 반찬
속에 녹아있다. 내 아이가 먹다 남긴 반찬은 정성으로
준비한 반찬이었다.

아이들이 성장하고 아이들이 맛있게 먹는 것을 기쁘게
바라보았다. 이제는 나와 남편을 위해 싱싱하고 좋은
것을 미리 빼두려고 한다.

나와 남편도 맛있는 걸 먹고 싶고 먹는 걸 좋아하니
까.

새 책의 냄새

좋겠다…….

알라딘 택배 상자를 연다. 내 책 2권을 주문했다. 보고 싶은 책이 있어 장바구니에 넣어놓고 책 용돈이 생길 때마다 주문한다.

이번에는 내 책만 주문했다. 평소에 아이가 보는 책, 아이가 보면 좋을 책을 미리 골라두고 아이의 의견을 물어본다.

이 책 어때?
이 책 주문할까?

오~ 이런 책도 있어!

아이의 반응은 좋아! 아니,

그리고 한번은 학교에서 1학기에 필요한 책이 있어 주문해달라고 했다. 또 어느 날은 〈푸른 사자 와니니〉라는 책을 보고 싶다고 말한다.

　신간 코너에서 자주 보던 책이라 눈에 들어왔다고 한다. 나 역시 몇 번 눈길을 주던 책이라 알았다고 말하며 장바구니에 넣어둔다.

　장바구니는 생각할 시간을 준다.

　바로 주문하는 책이 있는가 하면(이전에 눈여겨 봐둔 책이거나 이전 시리즈물이 확실히 재미있을 경우, 또는 학교에서 필요하다고 선생님을 통해 알려준 책) 시간을 두고 주문하는 책들이 있다.

　정말 너무 보고 싶어 장바구니에 넣어두었는데, 하루 이틀 지나니 시들해진다. 돈 모아서 꼭 사야지 생각하고 장바구니에 넣어둔 책들은 두고두고 바라본다.

　장바구니는 참음이고 기다림이다.

　일주일, 한 달이 지나고 다시 장바구니를 들여다보면 이~만큼 책이 쌓여있다. 시간이 지나도 꼭 사고 싶은 책을 산다. 관심이 시들해지는 책들은 사지 않는다. 물건을 사는 것과 비슷하다. 당장 사야지! 충동구매를 해놓고 후회하기보다 하루 이틀 일주일 후에도 꼭 필요한, 나에게 맞는 물건을 내 집에 들이고 싶다.

보고 싶은 책들이 쌓여간다는 건 참 좋은 거다. 집 안의 책 공간도 생각해야 하고 이 책을 시키면 내가 읽을까? 아이가 볼까? 생각하게 된다. 한 장을 읽더라도 정말 와닿는 책이 있다. 그런 책을 오늘도 찾는다.

'지금'을 생각한다.
지금 나에게 필요한 내용인지 지금 나에게 공감되는 내용인지 살핀다. 사두고 안 보게 되는 책들도 많다. 언젠가 한 번은 보고 싶다고 생각하고 또 보게 되는 책들도 많다.
4살 둘째 꼬맹이부터 마흔의 나에게 이르는 범위의 책들이 다방면으로 자리한다. 어쩌면 언젠가 첫째 아이가 보는 책들의 범위가 나를 넘어설 것이고(이미 넘어섰지만) 글의 종류나 책의 두께도 나를 넘어설 것이다.

"해리포터 보고 싶어."

아이가 말했다.
해리포터는 시리즈별로 사두면 좋을 것 같아 우선 장바구니에 넣어두었다. 쿠키런 시리즈물도 넣어두었다. 한번 살 때 확~~ 선물하는 의미도 있다.
책 선물을 기대하는 아이, 책 선물을 한 아름 받을 때 기쁨을 표현한다. 마음껏 좋아하고 또 마음껏 본다. 책은 그런 의미다.

그래서 내 책만 달랑 배달왔을 때 아이는 "좋겠다…." 옆에서 옹얼거린다.

'엄마가 매번 네 책을 자주 사주었고 이번에는 정말 엄마 책, 내 책만을 주문했잖아. 이럴 때도 있어야지'

속으로 생각한다. 책을 기다리는 것도 필요하다.
책을 기다리는 시간은 책에 대해 생각을 하게 만든다. 안달 나게 만든다. 책이 사고 싶어 근질근질하다. 책 선물을 기대하는 것도 좋다.

어린이날, 생일날, 크리스마스날 책 선물을 해주면 어떨까? 이번 다가오는 어린이날에는 첫째에게는 해리포터를, 둘째에게는 옥토넛 그림책을 선물해줄까 한다.
이런 기회를 잘 이용해보자. 어린이날의 기회, 생일날의 기회를 선물의 기회로 삼아 책 선물을 마음껏 해보자.
평소 말하던 책이면 더 좋겠다. 책 이야기를 자주 하고 책에 대한 궁금증에 관한 이야기를 자주 나누는 것만으로도 아이의 책에 관한 관심은 늘어난다.

아이들에게 책 선물을 마음껏 해주고 싶다.
아이들에게 선물하면서 나도 본다. 책은 또 다른 책을 끌어당긴다. 책을 보면 아이들이 생각난다.

택배 상자를 열 때의 기분이 좋다. 책 상자를 가르면 소담히 담겨있는 책이 좋고 사은품으로 함께 오는 문구류도 기대된다. (알라딘은 책을 사면 포인트가 쌓여 포인트에 맞는 사은품을 고를 수 있다)

새 책의 냄새, 새 책의 무게, 새 책의 질감. 책 배달은 나의 취미다. 책을 고르는 게 재미있고 장바구니에 넣어둔 책을 주문하는 순간은 희열을 느낀다. 배송되는 기다림은 값지고 도착했다는 문자 알림은 기쁨이다.

오늘도 나의 일터에 새 책이 함께 출근했다.

집안 책장 곳곳에는 책에 대한 가족의 사랑이 느껴진다. 할아버지와 함께 구미서점에서 선물 받은 책, 할머니가 선물해준 책이 자리한다.

엄마와 서점에서 만난 책, 중고서점에서 발견하고 집에서 주문한 책도 아이들의 사랑을 듬뿍 받고 있다.

나의 사랑하는 아이들아. 책을 보면 너희들이 생각나고 책을 고르고 있다. 책을 들추어보고 엄마 생각도 하고 책을 보며 자장가를 대신하고 책을 좋아하는 너희들에게 엄마는 앞으로도 쉼 없이 책을 선물할 거야.

엄마 책을 보고 '좋겠네….'라고 말하는 너를 알기에 엄마는 오늘도 책을 부지런히 나른다. 너에게 책을 읽어준 시간이 엄마와 책을 연결해 준 것 같다. 책을 사랑하게 해줘서 책을 알게 해줘서 고맙다.

p.s.

어느 날 잠 못 드는 아이에게 글자 많은 어린이 책의 에피소드 하나를 읽어주었다. 옆에서 남편이 말하길

"언제까지 책을 읽어줘야 해? (글자도 아는데 ·이젠 혼자서 읽지! 왜 읽어주냐며 나와 아이에게 한마디 한다)

"13살까지 계속 읽어줄 거거든!"

 책을 읽어준 적이 없는 남자라, 아빠라, 남편이라 실망도 많이 했지만 난 포기하지 않을 거다.
 언젠가 아이들에게 다정한 아빠의 목소리를 얹어 그림책을 읽어주는 날이 오기를.

역사를 좋아하는 아이,
싫어하는 엄마

내 아이는 역사를 좋아한다. 역사를 더 알고 싶다고, 배우고 싶다고 말한다.

초등학교 4학년인 지금은 역사 과목이 없다. 그래서 아쉬워한다.

"엄마, 역사는 언제부터 배워? 역사 배우고 싶은데."

그랬다. 초등학생 4학년인 지금 아이 학교는 역사 과목이 없다. 5학년부터 역사 과목을 배우는 것일까?

처음 시작은 그랬다. 그저 그림책을 늘 읽어주었는데 초등학교에 들어가면서 그림책에서 조금 더 발전한 학습만화로 넘어갔다.

그 과정에 카카오프렌즈 역사 만화책을 알게 되었다. 새로운 책을 사고 서점에 들르는 걸 좋아하는 우리는 마침 카카오프렌즈 역사만화를 알게 되었다. 그래서 샀다. 그리고 읽었다.

한 번, 두 번 보더니 재미있다고 한다. 기대와 관심이 재미로 이어지고, 다음 권은 언제 나오나 기다리게 되었다. 다양한 나라가 나오고 짤막하게 역사에 관한 흥미로운 이야기들도 간추려져 있다. 내가 모르는 역사적인 사실들을 아이 책을 통해 알게 되었다.

이전 〈선을 넘는 녀석들〉이란 프로그램은 이런 아이의 관심을 이어주었다. 나라에 관한 이야기를 알게 되고 궁금했는데 알기 쉽게 설명해주는 프로그램을 통해서 아이는 유튜브까지 찾아보기에 이르렀다.

어느 날은 유튜브를 보고 삼국지에 관한 이야기를 보고 있었고 어느 날은 역사적인 상황에 대해서 공책에, 화이트보드에 끼적이기도 했다.

반면, 나의 이야기를 안 할 수가 없다. 부끄럽지만 나는 역사를 모른다. 역사에 관심이 없었고 역사라는 학문을 너무 싫어했다.

단순 암기로만 생각했고 나이가 들어서도 역사는 여전히 어렵고 난해하다. 어느 책 소개에서 나온 것처럼, 초등학교 중학교로 가면서 역사를 좋아하는 부류와 싫어하는 부류로 나뉜다고 한다.

내 아이는 전자이고 나는 후자이다. 그럼 어떤 점이 다를까? 어떤 점 때문에 나는 역사를 싫어하는 아이로 성장했고, 내 아이는 역사를 좋아하는 아이로 성장했을까?

(역사를 접해보지 않았던 나)

어린 시절 책을 보지 않았다. 책과 친하지 않았다. 집에 위인전 전집으로 책은 있었지만, 책에 재미를 몰랐다.

역사는 한국역사도, 세계역사도 있는데 우리는 이전까지 접해보지 못했던 전쟁, 상황들을 학교에 들어가면 단편적으로 배우기 시작한다. 국사 과목을 배우고 세계사 과목을 배운다. 선생님의 지도에 따라 교과서에 따라 역사를 토막 내듯이 딱딱 나누어서 배우게 된다.

그러니, 나처럼 이전까지 책도 보지도 않고 역사라는 세상을 접해보지도 않았던 사람에게는 역사는 어려운 것이 될 수밖에 없었다.

생각나는 건 연도를 달달 외워야 했던 기억들과 밑줄 긋고 동그라미, 형광펜으로 색칠하는 등의 강제적인 외우기, 암기였다.

  나는 국사가 너무 싫었고 세계사는 더더욱 싫었다. 전체를 알고 세부적으로 상황을 알아가면 나았으려나?

(역사를 접해본 너)

  시작은 그림책이었다. 필사적으로 잠자기 전에 읽어준 그림책이 도움이 되었다고 생각한다. 그림책은 또 다른 그림책을 불렀고 우리는 도서관이나 서점을 시간이 날 때마다 들락거렸다.

  이런 끈기는 책 고르기에서도 효과를 발한다. 책을 골라본 경험이 있기에 책 고르는 재미를 느꼈기에 초등학교에 들어가서도 여전히 책 고르는 것을 좋아한다.

  이책 저책 보다 보면 개중에는 재미있는 책도 있지만, 재미없는 책도 있다. 재미없으면? 안보지 뭐. 팔기도 한다.

  서점에서 다양한 책들을 보고 그림책에서 자연스럽게 옆에 있는 학습만화도 본다. 그리고 고른다. 산다. 그렇게 시작했다. 그 책 중에는 카카오프렌즈라는 역사 만화책이 있었다. 카카오 캐릭터가 주가 되어 이야기를 이끌어가는데 실로 내가 읽기에도 재미있는데, 아이는 오죽했을까.

지금부터, 지금 당장, 역사책을 고르기는 어려울 수 있다. 근육도 써봐야 근력이 생기듯 책도 그렇다.

책도 골라보고 읽어보고 버려봐야 책 고르는 근력이 생긴다. 그래서 책 고르는 다양한 경험을 선사하는 것이 중요하다.

세상에 많고 많은 책이 있고, 그림책도 있고 역사책도 있고 역사 만화책도 있다. 그리스로마신화도 있고 카카오프렌즈 역사 만화책도 있다. 처음부터 끝까지 다 읽히려고 들면 지친다.

그냥 '툭' 던져둬 본다. 책상 위든, 소파 위든, 식탁 위든 바닥에 굴러다니든, 그러다 보면 한 번쯤 손에 들게 되는 날이 올지도 모른다.

무엇이든 그렇지만 자연스러운 것이 제일 좋다고 생각한다. 우연히 봤는데 어? 재미있네. 다른 것도 또 봐야지. 아이의 책을 보고 역사에 관한 관심이 조금씩 생기는 것도 사실이다.

어릴 적 싫어했던 역사였는데 나이가 들면서 오히려 내 아이를 통해 역사에 관한 관심이 생기다니…. 놀라운 일이다.

그렇다고 내 아이처럼 역사에 관심이 지대한 것은 아니다. 다만, 단편적인 암기의 파편조각을 떨쳐내는 과정일 것이다.

나에게는 먼나라 이웃나라 이야기처럼 들렸던 역사적인 산물과 상황들이 이제는 내가 살아가는 일상중한 부분이 되리라는 것을 짐작하고 알고 있다.

우리가 살아가는 이야기가 인문학이고 역사라는 것을, 역사를 너무 어렵게만 생각했던 나에게 내 아이의 모습은 신선하고 반갑게 다가온다. 사람과 사람이 살아가는 일대기를 엮은 것이 역사이고 세계사일 것이다. 평범하지만 평범하지 않은 매일의 일상을 기록해야 하는 이유도 여기에 있을 것이다. 나는 나의 역사를 쓰고 나의 역사를 나의 아이들에게 자손들에게 공유하게 될지도 모르겠다.

여전히 내게 역사는 어렵지만, 역사를 좋아하는 아이와 함께 조금씩 조금씩 알아가 보려 한다. 그것이 카카오가 되었든 who, why 시리즈가 되었든, 청소년 역사책이 되었던 무엇이든. 역사를 좋아하는 아이 곁에서 역사를 싫어했던 엄마도 배우고 노력하는 모습을 보여야 하지 않을까.

의무에서 배운 학창시절에서 벗어났기에 이제는 마흔의 나를 위한 새로운 공부가 되어주기를 기대해본다.

해주고 실망하고

나는 배고픈 걸 못 참는 편이다.

그렇다고 많이 먹는 것도 아니다. 천천히 조금씩 아주 자주 먹는 편이다. 체구는 마른 편이지만, 씹는 속도가 매우 느리다. 그래서 병원이나 직장에서 제한된 시간 안에 밥을 먹는 것이 나에게는 불편하다.

혼자서 먹는 밥이 익숙하고 편하다.

고등학교 다니던 시절, 앞니가 살짝 나온 편이어서 교정이라는 걸 했다.

웃을 때마다 생쥐같이 약간 튀어나온 이가 거슬렸었나 보다. 사촌 언니의 교정 영향도 있었을 거다. 앞니를 맞추려고 안쪽 사랑니, 어금니를 포함해 총 6개의 치아를 뽑아야 했다.

결국, 앞니를 맞추고 뒤에 이가 맞지 않았다. 잘 씹기만 했던 나의 치아는 그대로 안녕~ 이었다.

어금니가 부족하고 어금니가 맞물리지 않아 잘 씹어지지를 않았다. 꼭꼭 씹어야 하는 밥이 급하게 넘겨야만 하는 밥이 되어버렸다.

남편이 어느 날, 점심이 부실했는지 오후 4~5시경 배가 고프다고 한다.

나는 늘 그때 되면 배가 고픈지라 너무나 이해가 되었다. 배고프단 이야기를 잘 안 하는 사람이 배고프다고 하다니.

저녁을 무엇으로 준비할지 머리가 굴러간다. 집에 먹을 것이 없으니 장도 봐야 한다. 퇴근하고 어떤 걸 사 갈지 대충 생각해간다.

집 앞 마트로 향한다.

저녁 메뉴로 딱 정하지는 않은 상태였는데, 배가 많이 고픈 날은 닭볶음탕이 그렇게 맛있다. 나도 남편도 아이들도 좋아한다.

그래서 닭볶음탕으로 결정했는데….

마트에 닭이 다 나갔다고 한다. 누군가 닭을 모조리 사 갔다고! 아니 오늘이 무슨 날인가?

초복, 중복, 말복도 아닌데 무슨 날인지 기념일인지 모르겠지만 남은 닭은 없었다. 닭이 없다니···. 실망.

다른 메뉴로 바꿔야 한다. 옆을 보니 토실토실 살이 탱탱한 삼겹살이 눈에 들어온다. 보통 우리는 냉동 삼겹살을 사두는 편인데, (생삼겹살은 비싼 편이기도 하다) 그날은 배고프다는 남편을 위해 삼겹살을 구워주기로 한다.

삼겹살은 은근히 귀찮다. 프라이팬에 삼겹살을 굽는 일은 인내가 필요하다. 기름이 튀는 것까지 감수하며 그 곁을 지켜야만 하는 일이다. 누군가를 위해, 남편을 위해, 출퇴근 장장 4시간의 거리를 매일 오가는 남편의 식사를 위해 삼겹살을 구워주기로 했다.

1차로 삼겹살을 굽고 전날 배달온 주꾸미 볶음을 곁들일까 생각한다. 저녁 8시가 넘어가는 시점(보통 8시 반 정도에 남편은 도착한다) 남편에게 연락이 온다.

"조금 늦어질 거 같아···."

삼겹살은 구워두면 딱딱해지기 때문에 맛이 없다. 그래서 오는 시간을 봐가며 아이들을 한 번씩 돌보며 그렇게 삼겹살 굽는 시간을 조정한다.

시계를 자주 보는 편이다. 올 때 되었나? 지금 구우면 되려나?? 중간에 배고파서 삼겹살을 집어 먹으면서 삼겹살을 굽고 데운다. 주꾸미도 올리려고 불 앞에 섰는데 남편이 늦게 온단다.

해주고 실망하고 속으로 욕할 거면서.

근처 술 모임이 있으리라는걸 직감으로 알아챘다. 저녁을 준비해둔 내 마음도 식어버렸다. 당신이 저녁을 준비했어도 안 먹으면 화내고 속상할 거면서.

나도 그랬다. 이거저거 챙겨 먹이려고 한 나도 속상하고 늦게 온다고 연락하는 남편이 원망스러웠다. 저녁에 제시간에 오면 늘 식탁에 혼자 앉아 밥을 먹고(나와 아이들은 제각각 저녁을 챙겨 먹는다) 늘 그렇듯 컴퓨터 책상 앞으로 가지만 그래도 집에 제시간에 오는 것이 좋다.

간편식의 도움을 받기로 했다.

직장과 일을 병행하기 쉽지 않다. 육아와 장보기를 동시에 하기도 쉽지 않다.

퇴근길에 장을 봐오는 과정도 절대 쉽지 않다.

이런저런 일들이 비집고 들어오는데 우리는 먹어야 하고 저녁을 차려야 하고 아이들과 남편을 위해 장을 봐야 한다. 그래서 반찬은 주로 사서 먹는 편이고 주꾸미와 같은 특식은 배달도 이용해보았다.

남편의 저녁 시간을 맞추어가며 삼겹살을 구울 때, 늦을지도 모른다는 생각에 화가 났다.

내가 해준다고 하고 내가 실망하고 내가 화가 난다. 이젠 그러지 말아야지. 다른 방법을 생각해본다. 남편의 저녁 상차림도 중요하지만, 삼겹살은 아닌 거로….

그리고 닭을 좋아하는 남편을 위해 저녁에 데워먹을 수 있는 간편식의 도움을 받기로 했다. 해주고 욕하고 그러지 말자. 배고프면 알아서 골라서 데워먹을 수 있으니 그것도 좋겠다.

저녁은 준비하지만 데우기만 하면 되는 거로 준비하기로 한다. 김치 어묵 찌개도 좋고 닭볶음탕도 좋다. 일주일에 한두 번은 저녁을 먹고 들어오는 날도 있으니 서로 편하게 나름의 방법을 찾게 된다.

집 앞에 햄버거 가게가 생겼다.

비가 추적추적 오는 날, 둘째 아이가 바깥으로 나가자고 한다. 마침 아빠 퇴근하는 시간이다.

그래? 그러자 그럼.

서둘러 내복 바지 그대로 입혀 신발을 신기고 아이 우산을 들려주었다. 아직 우산을 바로잡기 힘들어하지만, 그래도 제법 우산 잡는 맵시가 난다. 아빠를 마중하러 가는 길이라는 걸 알까?

엉터리로 우산을 잡긴 했지만, 비는 맞기는 했지만 그
래도 즐겁단다. 신호를 기다리고 건널목을 건너 깜깜한
길거리에서 아빠를 발견한다.

"아~빠"

 남편의 웃음을 보고 우리는 함께 새로 생긴 햄버거
가게로 향한다. 역 앞에 생긴 노란색의 간판이 눈에 띈
다.
 비가 와서 축축한 거리지만 아빠와 함께 걸어가는 아
이의 발걸음은 신이 난다.
 고소한 감자튀김의 냄새가 콧속으로 들어온다. 밝은
실내 안은 고소한 냄새와 사람들로 북적인다. 처음 와
본 햄버거 가게에서 처음 주문해보는 햄버거를 맛보고
도톰해서 맛이 더 좋은 감자튀김을 함께 먹었다.
 아이도 케첩을 쿡쿡 찍어 먹고 나와 남편은 크게 한
입 벌려 안 깨물어 먹었다. 소스의 맛도 좋고, 햄버거
의 맛도 좋았다.

 퇴근 후 피곤한 몸을 이끌고 집에 도착했을 때, 반겨
주는 가족이 있고 따뜻한 밥이 있으면 참 좋다.
 하지만 남편 저녁을 좀 내려놓으려고 한다.
 굳이 삼겹살이 아니라도 준비해둔 음식이 있으면 그것
도 좋겠다.

요즘 잘 나와 있는 간편식을 데워먹기도 하고, 일주일에 한 번은 햄버거 저녁 데이트를 즐겨도 좋겠다.
　퇴근길, 집이 아닌 바깥에서 아빠를 반기는 아이를 보면 더욱 반가울 테니까 말이다. 피자를 좋아하는 남편과 아이를 위해 냉동 피자도 간식으로 넣어둔다.

　지금은 요리가 어설프고 솜씨 없지만, 엄마의 쌓여가는 손길이 언젠가는 인정해주는 맛이 되는 날을 기대한다.
　해주고 실망하지 말고, 이제는 생활의 편의를 가능한 한 즐겨보리라.

　남편의 저녁을 좀 내려놓자.

강낭콩과 토마토

첫째는 학교에서 강낭콩키트를 가지고 왔다.

과학 수업시간에 강낭콩을 심고 관찰일지를 적어야 한다고 한다.

일을 끝내고 집에 오니 아이가 강낭콩을 꺼내 보인다. 갈색의 콩알 모양의 강낭콩 다섯 알이 보인다. 이미 원격수업시간에 강낭콩에 관해 설명을 듣고 강낭콩 심는 과정을 들어서인지 아이는 망설임이 없었다.

강낭콩 꾸러미 안에 담긴 조그만 화분을 꺼낸다. 거즈 같은 걸 화분 맨 아래에 깔고 꾸러미에 함께 담긴 흙을 조금씩 조금씩 담는다.

"더 안 담아도 돼?"

물으니 이 정도면 되었단다.
반 정도 찬 흙 위에 강낭콩을 하나, 둘, 셋…. 다섯 알을 듬성듬성 올린다. 이제 위에 흙을 덮어야 하는데. 아이는 혼자서도 씩씩하게 해낸다.

"흙 그만 올려. 그만~"

나의 만류에도 괜찮다며 조금 더 흙을 뿌린다. 분무기에 물을 담고 칙칙 뿌려준다. 씨앗까지 좀 깊은 것 같았지만 물을 조금 더 부어준다. 촉촉하게 화분을 채우고 우리는 이름을 정한다. 아이는 조그만 팻말에 심은 날짜를 적고 '낭낭이'라는 이름을 적어둔다.

둘째는 어린이집에서 토마토를 가져왔다. 토마토 씨앗도 아니고 키트도 아니다. 제법 큰 화분에 심어진 토마토 모종을 가지고 왔다. 처음부터 키우는 것보다야 있게 훨씬 낫겠다 생각한다. (화분 키우기에 소질도 관심도 재능도 없는 나라는 사람) 모종과 함께 자리한 조그만 설명서를 본다.

〈흙이 '바짝' 마르면 물을 흠뻑 주세요. 하루에 2번은 분무기로 칙칙 잎에 물을 뿌려주세요.〉

처음은 내버려 뒀다.

정확히 말하면 관심을 못 주었다. 신경을 못 썼다. 어린이집에서 가지고 온 날 식탁이 두었고, 돌봄 선생님의 관심과 표현으로 햇빛을 받아야 한다고 해서 거실 끝 해가 잘 드는 공간에 두었다.

그리고 둘째가 혹시 만질까 베란다로 이동했다.

2, 3일은 신경을 못 썼는데 흙이 바짝 말라 있었다. 베란다에 해가 드는 공간에 두고 물을 흠뻑 흠뻑 주었다. 촉촉해진 토마토 화분. 이제 해를 받고 선선한 베란다의 기운까지 받아서일까?

2~3일이 지난 어느 날 초록한 동거만 열매가 소담히 달려있다. 그것도 3개씩이나. 우와. 토마토 열매를 보니 놀라웠다. 정작 어린이집에서 가지고 온 둘째는 잘 모르지만, 첫째와 나는 토마토 열매를 보고 기뻐했다.

토마토의 근황을 올려달라는 선생님의 글에 토마토 열매가 매달렸다며 얼른 사진을 올렸다.

잘 자라고 있네요~ 라는 말에 으쓱한다.

거의 비슷하게 시작한 강낭콩과 토마토. 강낭콩은 일주일이 넘게 소식이 없었다.

아이 친구들 것은 벌써 싹을 틔우고 이~만큼 자랐다고 아이가 그러는데 땅에서 나올 기미가 보이지 않아 시무룩하던 찰나, 드디어 우리의 낭떠러지 난이도 싹을 틔우기 시작했다.

보통 씨앗을 심고 7~10일 정도 되어야 싹을 틔운다고 한다. 흙을 조금 더 덮어서 조금 더 늦게 올라왔나 보다.

강낭콩이 빛의 속도로 토마토의 성장을 따라잡고 있다. 오전에는 웅크리고 있었는데 오후가 되어보니 줄기를 한껏 펴고 달려있던 껍질을 떨어뜨리고 잎이 솟아나 있었다.

하나에서 시작한 틔움은 둘째, 셋째까지 이어졌다. 무언가 키우는 데 관심이 없었지만, 강낭콩 씨앗과 토마토 열매를 보니 '아, 이래서 식물을 키우는구나 초록의 탄생이 나와 아이들에게도 많은 기쁨을 주고 위안이 되는구나!' 생각했다.

요 며칠 비가 와서 토마토(토마토는 아직 이름이 없다)는 잠잠하다. 토마토는 베란다에서 거실로 옮겨와 지켜보는데 해가 잘 안 나서 그런지 감감무소식이다. 열매가 커지는지, 싹은 더 나는지 별반 차이가 없어 보이고 그 전날 너무 물을 흠뻑 준 건 아닐까? 물을 너무 줘서(해도 안 나는데) 뿌리가 썩은 건 아닐까? 별별 생각이 다 든다. 초짜 티를 팍팍 내고 있다.

낭낭이는 반면 무럭무럭 키를 키우고 있다. 싹을 틔우자마자 물을 머금고 죽 죽 뻗어 나간다.

조그만 키트 화분이 좁아터지기 일보 직전이다.

다섯 알이 동시에 뻗어 올라오니 자리싸움이 한창이다.

오늘 주말이라 화분을 사러 가야겠다. 식물 키우기엔 관심이 없어서 예전에 사둔 거치적거리는 화분을 몽땅 버렸기 때문이다. 늘 그렇지만, 이럴 줄 알았으면 좀 놔둘걸…. 싶다. (짐 되는 걸 싫어해서 지금 필요가 없으면 버리거나 정리하는 편이다)

낭낭이에게는 지지대와 큰 화분이 필요하고 토마토에는 더 따듯한 햇빛과 보살핌이 필요하다.

같은 공간 속 다른 위치에 자리한 낭낭이와 토마토는 우리 집 일곱 살 터울의 첫째와 둘째처럼 눈빛과 사랑이 필요하고 고프다.

해를 품고 물을 머금은 낭낭이와 토마토를 보며 나는 오늘도 따스한 위안을 받고 사랑을 배운다.

엄마랑 도서관 갈까?

"오늘 도서관 갈까?"
"응. 응!"

며칠 전 딸아이와 도서관 이야기를 했다. 한동안 굳게 문이 닫혀 있던 도서관이었다. 코로나로 격상되고 도서관을 접할 기회를 잃었다.

그런 기간이 지나고 마침 도서관을 다시 개방한다는 글을 보았다. 도서관을 가본지가 언제였더라? 기억나지 않았다. 한동안 가지 못했다.

도서관 카드는? 도서관 카드도 어디 있는지 보이지 않았다. 아이의 것도 찾을 수 없었다.

도서관에 전화했다. 집 근처 주민센터 2층의 작은도서관. 가까워서 가기 좋은 위치다.

도서관 카드를 재발급받고 싶다고 하니, 신청 후 일주일 후에 받을 수 있다고 했다.

"지금도 도서관을 이용할 수 있나요?"

혹시 몰라 헛걸음할까 물었는데 답변은 오케이! 그렇게 우리는 이번 주 내에 도서관을 가보기로 했다.

딸아이와 나는 집 근처 작은도서관을 자주 드나들었다. 아이가 다섯 살이 되던 무렵, 도서관 카드를 만들었다. 빨간색 코트를 입고 유치원을 다니던 그때 아이는 그림책을 좋아했고 그래서 시간이 날 때마다 종종 도서관에 방문했다.

그곳에서 지나가는 길에 카페에서 무지개 케이크를 먹기도 하고, 나는 커피를 즐겨 마시기도 했다.

작은도서관 근처 카페에서 친구들과 놀이방에서 놀기도 하고 근처 스파게티집에서 친한 친구와 함께 스파게티를 먹기도 했다.

오며 가며 작은도서관 근처에 숨겨둔 보물 같은 추억들이 새록새록 떠오른다.

오늘 미술학원을 마치고 집 근처에 도착한 아이와 함께 작은도서관으로 향했다.

매서운 날씨였다. 어제저녁 살짝 비가 온 뒤로 추워진다고 했는데 정말 너무 추웠다.

몸이 으슬으슬 떨리는 날씨다. 조금은 얇게 입은 듯한 아이의 옷을 바라보며, 함께 차로 가기로 했다. 오며 가며 추운 날씨라 아침에 사둔 떡을 딸에게 건넨다.

게 눈 감추듯 먹어치우는 딸을 보고 언제 다 먹었어? 했다.

가는 시간은 고작 5분여 남짓일 정도로 가까운 거리다.

주민센터는 늘 그렇듯이 복작복작하다. 복잡한 그곳을 지나 2층으로 향하는 입구로 향한다.

아이와 나는 오랜만에 온다고 종알종알 이야기하며 복도를 지난다. 또각또각하는 내 발소리가 크다며 조용히 하라는 딸. 잔소리하는 딸이다.

도서관에서는 조용히 해야 하는 걸 아는 기특한 아이다.

도서관은 여전했다. 그리웠고 그 느낌이 생각이 났다. 작은도서관만의 특유의 분위기가 있다. 좁은 책장들이지만, 그래도 구석구석 보고 싶은 책들이 눈에 띈다. 아이도 오랜만에 와서인지 쭈뼛거리다가 한 권 두 권 책을 골라낸다.

마치 커다란 책 상자 속에서 책 보물을 하나둘 캐는 모습이다.

나름 진지한 표정이다. 아이의 코너에서 두리번거리다 나는 내가 고를 책을 보러 향한다.

아이는 아이대로, 나는 나대기로 각자의 시간을 보낸다. 같은 작은도서관이라는 공간에 있지만 아이는 아이의 시간을 보내고 나는 나의 시간을 보낸다.

한 권, 두 권을 꺼내보고 페이지를 펼쳐본다.

다시 제자리에 둔다. 이 책은 어떤가? 새로 나온 신간 서적이 별로 없어서 아쉽다. 도서관에 신간 서적을 알아서 재미있는 책들을 갖춰주지 않는다. 내가 보고 싶은 책들을 신청하면 그때야 신간 서적으로 많이 들어온다. 나의 경험에 따르면 서점이나 온라인 서점에서 보고 싶은 책들은 고른 후(어린이용, 성인용) 도서관에 신간 서적 신청을 하는 것이 좋다.

몰랐던 분야도, 관심 없던 분야도 이렇게 다른 사람의 수고로움, 손길에서 다양한 책을 접할 수 있으니 꽤 괜찮은 것 같다. 부디 많은 사람이 도서관 신간 서적 신청을 해주기를 바란다.

책장을 눈으로 훑고 보고 싶은 책을 한 권 두 권 고른다. 도서관 대출 권수를 확인한 아이는 놀란다. 1인당 20권! 보고 싶은 책을 더 고르라고 했다.

다시 어린이 코너에 가서 이 책 저 책을 살핀다. 오늘 내 눈에 들어오는 책은 별로 없다. 이 전에 읽었던 책도 있고 나의 관심 밖인 책들은 눈에 들어오지 않았다.

책도 눈에 띄어야 본다. 그래서 나는 신간 코너가 좋다. 서점이 좋은 이유는 새로 나온 책들이 많고 진열이 잘 되어 있다는 것이다.

도서관의 단점은 오랜 책, 묵힌 책들이 그저 그대로 늘 자리를 지키고 있다. 그 또한 좋지만, 새로운 책들이 들어오고 재미와 흥미와 관심을 유발할 수 있도록 더 다양한 배치와 진열이 되었으면 좋겠다.

일률적으로 책장에 꽂혀있는 책들은 점점 관심을 잃어갈 것이다. 눈과 시선이 시들해질 것이다. 서점의 매대처럼 (물론 공간적인 부분도 확보가 필요하다) 표지가 보이도록 진열이 되면 좋겠다. 특히 그림책의 경우는 앞표지가 굉장히 중요한 역할을 하므로, 우리 아이들의 미래를 생각한다면 책을 가까이하는 사람으로 커 나가길 바란다면 이런 사소하고 소소한 부분들이 개선되어야 한다.

도서관에 가는 이유는 책과 친해지기 위함이다. 책과 친해지려면 책이 잘 보여야 한다. 책이 빛나야 한다. 색이 누렇게 바래질 때까지 내버려 두고 그대로 묵히기만 해서는 안 될 것이다.

집에 있는 책을 정리할 때도 오래된 책은 과감히 정리하는 습관이 필요하다. 하물며 한두 명이 이용하는 것도 아니고 수많은 사람이 도서관을 이용하는데 그 정도의 정성과 노력이 들어야 하는 것은 당연하다.

책 정리는 쉽지 않다. 그러므로 더욱 중요하고 필요한 작업이다.

내가 사실 어릴 때 도서관에 갔지만, 책을 거들떠보지도 않았던 이유는 책이 오래되고 오래 묵혀진 책들이 거부감이 들었던 것이 가장 큰 이유이다.

그래서 나는 안다. 빠른 순환이 이루어지지 않은 정체된 도서관은 사람들의 관심을 받지 못한다는 것을 말이다.

요즘 새로 나오는 따끈따끈 책이 얼마나 많은지? 다양한 출판사별로 다양한 장르의 다양한 책들이 반짝반짝 도서관을 빛내줄 수 있을 것이다.

오래된 책을 무조건 버리라는 이야기가 아니다. 순환이 필요하다는 말이다.

들일 것은 들이고 뺄 것은 빼는 일, 도서관 사서 한 명이 담당해야 하는 책이 많다면 아이들을 키우는 엄마들이나 자원봉사자분들의 도움을 받는 것도 방법이다.

내 아이가 책과 친하려면 엄마가 책과 친해야 한다. 엄마들이 책을 정리하고 이 책 저 책을 펼치면서 그러면서 한두 페이지를 읽어본다. 그러면 아이에게도 보여주고 싶고 읽어주고 싶은 마음이 생긴다. 책 정리하면서 책을 다시 보는 경우가 생긴다.

어느덧 책을 한 아름 고른 아이가 책을 가지고 온다. 아이와 나는 도서관 카드를 재발급 신청을 했다. 다섯 살 때 찍은 사진 대신 도서관 카드에 새로 넣은 사진을 오늘 찍었다. 주황색 조그마한 의자에 앉아 카메라를 바라보는 아이. 도서관에서 희망을 발견한다. 도서관에서 눈이 반짝이는 아이를 바라본다.

"피아노 학원이 끝나고 여기 와도 돼요?"
"그럼~ 책 보러 자주 와도 돼. 이제 도서관 카드가 생겼으니까. 다시 도서관이 문을 열었으니까."

속으로 생각한다.
가장 좋은 집은? "도서관이 가까운 집"
가장 좋은 학원은? "도서관이 가까운 학원"
가장 좋은 직장은? "도서관이 가까운 직장"

우리 가까이 크고 작은도서관이 많이 아주 많이 생겼으면 좋겠다. 그리고 문을 열었으면 좋겠다!

책에 손이 가요

한방병원에 입원한 적이 있다.

교통사고 후유증으로 2주 가까이 병원에 입원하여 물리치료를 받았다.

아침 점심 저녁 삼시 세끼를 챙겨 먹고, 가끔 바깥으로 나와 고양이 친구들을 구경했다.

외래 대기실에 책이 몇 권 꽂혀있었는데 선뜻 손이 가지 않았다.

너무 오래된 책들뿐이었다.

책장에 꽂힌 책들도 오래된 책이었고 선뜻 손이 가지 않았다. 집에 있던 책을 가져와서 읽거나 글을 쓰면서 무료한 시간을 보내야 했다.

나는 새 책을 읽고 싶었다.

도서관에 가면 신간 도서를 제일 먼저 훑어본다. 신간 서적들을 읽으면 최근 동향을 알 수 있고 새로운 생각과 새로운 의견을 접할 수 있다.

무엇보다 남이 걷지 않은 눈길을 맨 처음 밟는 기분을 느낄 수 있다. 새 책장을 넘기는 기분은 이루 말할 수 없이 좋았다.

새 책 사는 날은 언제나 좋다.

매일 매일 신간은 들어온다. 매대에 진열된 책도 좋지만, 책장에 꽂혀있는 책을 발견하는 기쁨도 크다.

별생각 없이 제목을 보고 집어 들었는데 의외로 나와 맞는 책이 있다. 그런 책을 발견하면 가슴이 쿵쾅거린다.

한 구절, 한 페이지를 읽다 보면 사고 싶다는 생각이 든다. 그런 책은 바로 산다.

정해진 예산 안에서 해결해야 하는 경우, 아쉬운 대로 사진으로 찍어둔다. 책 제목만 찍어두면 집에서 온라인으로 주문해도 된다.

그때 살걸…. 하는 아쉬움이 남는 책들이 있다. 그럴 때 제목을 모른다면 낭패다.

그럴 때를 대비해서 조금이라도 마음에 드는 책이 있다면 늘 사진으로 찍어둔다.

책을 사는 이유를 만든다.

월급 들어온 날, 술김에 용기로 지르기, 사은품을 받기 위해. 어떤 이유든 좋다. 우리는 온라인으로 책을 살 때는 제목으로 사는 경우가 많다. 미리 보기 기능이 있으면 좋은데, 그마저도 없다면 책 제목을 보고 책 소개를 보고 사야 한다.

살까? 말까? 고민되는 책들이 있는데 일단 장바구니에 넣어둔다. 월급이 들어오면 정해진 예산 안에서 책을 지른다. 5~10권 가까이 되는 책을 사기도 한다.

아이가 보고 싶다고 한 책도 있고 새로 나온 신간 중에 아이가 좋아하겠지? 생각한 책도 장바구니에 넣어둔다. 그냥 주문하면 나중에 관심도 없고 안보는 경우가 생긴다.

주문하기 전에 꼭 아이에게 의견을 물어본다. 이거 살까? 말까? 그러면 아이는 이거 살래, 혹은 아니 이건 안 사도 돼. 답해준다.

내가 사는 동네에는 큰 대형서점이 없다.

그래서 30분 거리의 도심의 대형서점으로 간다. 시민들의 의식에는 서점이나 문화시설의 영향이 매우 크다.

특히 도보나 지하철로 가까운 거리에 자주 접할 수 있는 곳에 서점과 책방들이 즐비했으면 좋겠다.

그 한가운데는 도서관이 지역주민들과 가장 가까운 곳에 중추적인 역할을 이끌어야 하지만, 지금의 상황에서는 어려운 점이 있다. 그런 사각지대에 책방이나 서점이 (편의점보다는 더 자주) 눈에 띄고 접할 수 있으면 좋겠다.

고개만 돌리면 눈에 띄는 카페나 편의점처럼, 우리 일상 곳곳에도 책이, 서점이, 책방이 눈에 띄는 거리가 만들어지기를 바라본다.

최근 방문한 마트 식당 코너에는 눈에 띄는 배치가 있었는데, 바로 소파와 같은 편안한 자리와 그 곁을 둘러싸고 있는 책들이었다!

전시만 되어있는 책이 아니었다. 2단짜리의 길게 짜인 책장 안에는 빼곡히 책들이 자리해 있었다. 웹툰, 만화책처럼 단시간에 빠르게 읽을 수 있는 책도 있었고 전면 배치가 된 책도 있었다.

누구나 쉽게 손을 뻗어 책을 집을 수 있는 다양한 책들이 식당 코너 곳곳에 비치되어 있어 놀라웠다.

구매하는 책도 아니었고 보고 제자리에 가져다 놓으면 되는 방식이라 더욱 반가웠다. 누구의 아이디어인지 모르겠지만, 책과 가까이할 수 있는 환경을 만들어준 것에 대해 고마운 마음이 들었다.

눈에 보여야 읽는다. 손이 가요 손이 가

눈에서 멀어지면 마음에서도 멀어진다는 말이 있다. 눈에서 보이면 자꾸 보게 된다. 손이 가게 된다. 손이 가게 되면 책을 펼치게 된다. 책을 펼치게 되면 읽게 된다. 읽다 보면 재미있어진다.

책이 재미있어지는 환경이 그래서 중요하다. 어른이 되어서 책이 좋아지는 계기도 생긴다. 어린 시절부터 책을 가까이하더라도 멀어지는 경우도 생긴다. 책이 좋다가도 싫어지는 경우도 생긴다. 그러다가 다시 책으로 돌아오기도 한다.

밭에 씨를 뿌리듯이 나는 장바구니에 씨를 뿌려놓는다. 주문하면 책이 도착하고 책을 읽으면서 씨앗이 싹튼다. 그 씨앗이 어떤 싹으로 뻗어 나갈지는 지금 당장은 알 수 없지만, 훗날 다양한 책들을 접하면서 내 아이에게도, 나에게도 좋아하는 것이 보이고 꿈이 생길 것이다.

엄마도 지금 꿈을 꾸고 있고 어떤 자양분이 되어 나에게 돌아올지 모른다. 그저 묵묵히 책을 고르고 또 책을 읽다 보면 촉촉이 내 땅을 적셔주고 싹을 틔워주고 내 꿈을 키워줄 것이다.

엄마는 꿈이 없는 것이 아니라, 아직도 꿈을 꾸고 있다고. 엄마도 하고 싶은 일이 많고 꿈을 키워가고 있다고 말해주고 싶다.

나는 어제도 책을 팔았다.

버리기에 앞서서
 이 책은 버릴까? 말까? 이 책은 비싸게 주고 샀는데.
이 책은 산 지 얼마 안 됐잖아. 이 책은 낙서가 되어있
고 이 책은, 이 책은….

 집에 책이 늘어가고, 또 책은 사고 싶다.

 아이 책도 눈에 보이고 새로 나온 신간도 눈에 들어
온다. 장바구니에 책을 넣어두고 용돈이 생길 때마다
주문한다.
 책을 위한 용돈 통장이 따로 있다.

세어보진 않았지만 한 달에 10~20권 정도 책을 사는 듯하다. 아이들 책과 내 책, 오프라인서점에서 사기도 하고 온라인 서점도 잘 이용한다.

책 용돈 내에서 책을 사고 또 책을 팔면 그 용돈 통장에 입금된다. 짤랑~ 짤랑~ 소리가 들리는듯하다. 책 사세요. 책사세요 하는 것 같다.

주로 애용하는 온라인 서점이 있다. 이틀에 한 번은 신간 구경을 하고 사고 싶은 책을 물색한다. 내 책만 고르지 않고 10살 3살 두 아이를 위한 그림책도 고르고 장바구니에 담아둔다.

그러다 보니 우리 집에는 늘 책으로 넘쳐난다. 온라인 장바구니도 넘쳐나고 집안책장도 넘쳐난다.

새 책, 중고 책, 헌 책, 안 보는 책, 찢어진 책, 오래된 책. 이런 책 저런 책이 모두 모여있다.

깨끗한 책이 있고 낙서로 내 글씨와 흔적이 많은 책도 있다. 책을 보다가 생각나는 걸 원 없이 적는다.

나도 원래는 책을 깨끗하게 보았다. 네 손에 물 한 방울 안 묻히게 해줄게.~~ 라는 어이없는 노래가사 처럼 나도 처음엔 책에 낙서 한 방울조차 허용하지 않았다.

처음 도서관을 자주 가던 시절, 도서관에서 빌린 책은 깨끗이 보고 깨끗이 반납했다. 내 책이 아니라서.

5년 전에만 해도 책과는 담쌓고 살았던 나였다. 책은 어려운 것이었다. 책은 신성한 것이었다. 그랬던 내가 조금씩 책을 다루는 방식이, 책 읽는 방법이 달라졌다.

어느 책에서 그랬다. 자신이 쓴 책이 마음껏 줄 치고 접히는 게 좋다고. 그땐 이해가 가지 않았는데 지금은 어느 정도 이해가 된다. 깨끗하게만 보고 이 대로 물려줄 것도 아니면서 고이고이 보관해두었다. 도서관에서 빌렸기 때문에 낙서금지였고 가끔 모서리귀퉁이를 살짝 접어놓은 적은 있었다.

한번 처음부터 죽 읽고 감명받거나 다시 마음에 새기고픈 구절 페이지는 모서리귀퉁이를 접어놓았다. 그때 적은 독서 노트에 구절을 필기하고 다시 귀퉁이를 펼쳐놓았다. 그렇게 한 권도 권…. 백여 권의 책을 읽고 메모한듯하다.

매번 적는 게 쉽지 않았다. 그날의 느낌과 책과 관련 있든 없든 그날의 감정, 소감을 몇 줄씩 기록하기도 했다. 몇 달간 지속하던 어느 날, 그다음으로 사진찍기로 이어졌다.

책을 빌리고 반납할 날이 다가오는데 아직 읽어야 할 책들이 많았다. 그럴 때 귀퉁이 접어놓았던 부분을 다시 펼치며 사진으로 찍어두었다. 처음 보았을 때, 귀퉁이 펼치며 사진으로 찍을 때의 느낌은 또 달랐다.

눈으로 한번 사진 찍고 가슴에 또 한 번 새겨지는 느낌이었다. 그렇게 사진으로 많은 양의 페이지들을 찍었고 사진으로 남겼다. 많은 페이지를 찍은 책일수록 그 책은 나에게 더 많이 새겨졌다. 나에게 많은 배움을 주었고 깨달음과 지혜가 되었다.

책에는 작가의 인생 이야기가 담겨있다. 나와 코드가 맞는 작가도 있다. 그런 책을 만나면 나는 여지없이 밑줄 치고 메모를 해댄다.

그렇지. 맞아! 이거야. 이렇게 외치는 책이 있다.

나도 그랬어. 이렇게 해볼까? 싶은 책이 있다. 나와 의식, 코드가 맞는 순간이 있다.

그 순간에 내가 산 그 책은 여지없이 밑줄그어지고 글이 적힌다. 모퉁이 귀퉁이가 접힌다.

글을 쓰면서 메모해 두는 습관이 생겼다. 책을 보면서 내 일과를 적기도 하고 해야 할 일을 적기도 한다. 생각나는 대로, 흐름 가는 대로 적어둔다.

여기저기에. 끄적끄적.

아이의 책을 정리할 때는 꼭 아이에게 물어본다. 책 정리를 할 때는 혼자 하지 않는다. 꼭 아이의 의견을 물어본다.

읽고 싶은 책, 책장에 그대로 두었으면 좋을 책, 팔거나 정리하면 좋을 책, 이제는 보지 않을 책…. 일 년에 한두 번 치르는 행사처럼, 우리는 6개월에 한 번씩은 이렇게 책 정리를 한다.

한 가지 방법이라면 깨끗한 책들은 대부분 중고서점에 판다. 전에는 책을 한 아름 바구니에 담고 매장에 들르기도 했다.
너무나 많은 책을 한 아름 안고 가도 마다하는 책들도 있다. 서점 직원이 책의 뒷부분 바코드를 띡띡 찍는 순간이 온다.
판매 불가한 책도 있고, 재고량이 많아 매입 불가한 책도 있다. 그럴 때는 가져간 그 순간처럼 그대로 바리바리 싸 와야 한다.
이런 경우를 한두 번 겪은 결과, 지금은 편하게 알라딘 온라인 앱에서 핸드폰으로 바코드를 촬영하고 판다.

알라딘 중고가방, 택배상자, 원클릭 모두 이용해봤다.

1. 알라딘 중고가방을 주문해보았다.

알라딘 앱에 '중고가방'을 검색하면 주황색 중고가방이 나온다. 일반 택배 상자 상자보다 단단하고 테이프로 동요감지 않아도 돼서 편하다.

책은 일반 서적 기준으로 20권 정도가 들어간다. 깨끗하고 상태 좋은 책들을 모아고 고르고 선별해서 20권을 주황색 알라딘 상자에 담고 지퍼로 채우기만 하면 끝! 함께 동봉된 케이블 끈으로 한 번 더 조여주면 지퍼가 벌어질 염려가 없다.

책 제목과 상태를 입력하고 출력지를 함께 동봉한다. 책이 정산되면 중고가방 금액은 환급금액으로 더해진다.

2. 일반 택배 상자를 이용해보았다.

그림책은 크기가 제각각이다. 알라딘 상자에는 그림책은 크기가 달라서 많이 들어가지 않았다. 재활용품 판매대에서 상자를 구해서 와서 널찍한 상자에 차곡차곡 그림책을 쌓았다. 공간이 아깝다는 생각도 들었다.

장점은 따로 상자 가격이 들지 않았다. 테이프로 감는 것이 일이었다. 책의 무게와 부피는 쌓이면 쌓일수록 크다.

택배기사님이 힘들 거란 생각은 당연히 든다. 포장에 익숙하고 상자를 구하고 테이프를 감는 불편함 정도는 감수할 수 있을 정도의 내공이 있다면 이 방법 또한 괜찮다.

3. 원클릭 한 번이면 오케이!

내가 일일이 바코드 촬영을 하고 상태를 미리 판단하고 가격을 알면 제일 좋지만, 이마저도 귀찮다면?

집에 책이 너무너무 많아서 빠른 처리를 원한다면? 바로 원클릭이다.

알라딘 앱 상위에 보면 원클릭 메뉴가 있는데 이 또한 나 같은 사람을 위한 편의 기능이 아닐까 생각한다. 최고가로 매입되기를 바라는 마음 한가득 담아 테이프로 단단히 포장해둔다. 원클릭 메뉴를 누르고 책 권수만 입력하면 끝!

장점: 바코드 촬영을 안 해도 된다. 책 권수만 입력하면 돼서 편하다.
단점: 내가 보기엔 상인데 중, 하로 가격이 매겨지는 것 같아서 조금 억울한 마음도 살짝 든다.

상태가 좋다고 해서 좋은 가격에 팔리지 않는다. 재고 물량이 많으면 매입해주지 않는다. 상태가 좋고 낙서 한 장 없더라도 매입되지 않는, 매입될 수 없는 책들을 보면 안타깝다. 그래서 이제는 책을 아끼지 않는다.

마음에 남는 구절, 여운을 남기는 페이지는 나의 것으로 흡수하려고 한다. 그것이 작가에 대한, 이 책에 대한, 그리고 이 책을 산 나에 대한 예의라는 것을 이제는 알기 때문이다.

사랑하는 나의 부모님께 이 책을 바칩니다.

책 읽어주기는 처음이라서

누군가에게 책을 읽어준다는 건 어떤 느낌일까.

아마 나도 어렸을 적 엄마, 아빠가 나에게 책을 읽어주었을 것이다.
생각은 잘 나지 않지만, 어렴풋이 흐릿한 느낌과 분위기는 든다.

우리는 교과서를 따라 읽었지만, 마음을 담아 책 읽어주기를 배운 적이 없다.
옆자리 짝꿍에게, 친구에게 책을 읽어주었으면 어떨까하는 생각이 든다.

그러던 내가 엄마가 되었다.

한 번도 책 읽어준 적도 없는데 연습해보지 않았는데, 수업시간에 배우지도 않았는데.

해본 적이 없는데.

엄마가 되면 자연스레 책과 친해져야 하는 걸까? 시중에는 1살부터 단계별, 나이별로 추천도서와 그림책들이 즐비하게 나열되어 있다.

옹알이하고 엄마, 맘마로 시작하는 아이의 언어를 따라 흘러가면 어느덧 아이의 언어 성장 발달은 어떤지, 제대로 엄마가 아이에게 책을 잘(?) 읽어주고 말 상대가 되어주는지 테스트를 하는 시기가 온다.

멀리 있지도 않다. 길을 가다가도 대형할인점에 풍선을 들고 엄마와 아이들을 유혹한다. 평가지를 들고서….

아이는 풍선을 좋아했고 엄마는 아이의 성장이 제대로 되어가는지 궁금하기도 하다.

나의 전화번호를 적어두고 전화가 걸려오면 받는다.

다른 집 아이는 언어가 어떻고 나의 아이는 지금 연령대에 어떻고. 하는 이야기들을 주변에서 여러 곳에서 듣고 싶지 않아도 듣게 된다.

이 나잇대에는 자연관찰도 필요하고, 수와 관련된 그림책 이야기책이 필요하고요. 아이가 지금 연령대에서는 이 정도 되어야 하는데 이 부분은 부족하고….

이런저런 이야기를 필터링 없이 듣고 있다. 끈질김에 설득당하고 아이의 발달을 책임지는 부모로서 이러한 부분은 채워줘야 할 것 같아 카드 할부를 긁어댄다.

누구나 이런 과정을 겪지 않을까 생각한다. 나 또한 그랬고 내 여동생 또한 그럴 것이다. 나는 절대, 집에서 나의 원칙에 따라 아이는 이렇게 키우고 있습니다. 당신의 도움은 필요하지 않아요. 라고 당당히 말하는 소신 있는 엄마는 손에 꼽을지도 모르겠다.

나는 팔랑귀였고 나의 주관은 그 당시에 없었다. 지금이라면 다르지만.

첫아이가 어릴 적, 3~4살쯤 되었을까? 아이 친구 엄마와 강의를 들으러 간 적이 있다. 엄마와의 소통과 아이와의 교감 대화라는 주제였는데, 엄마의 마음을 우선 열어주는 시간이 나에겐 의미가 있었다. 이래서 강의도 강연도 듣는 거구나 싶었다.

아이에게 그림책을 읽어주는 강사의 목소리를 들었다. 정말 재미나게 읽었다. 동화구연을 배웠겠지? 그림책 속에 나오는 동물들 목소리를 흉내를 기가 막히게 잘 내었다.

나는? 나도? 나도 그렇게 배워야 하나? 감질나게 읽어주어야 할까?

책을 읽어준다는 건 그림책에 나의 목소리를 얹는 것이다. 굳이 애써가며 동화구연 선생님을 따라 하듯 배워가면서까지 읽어주지 않아도 된다. 나의 경험이고 내가 아이에게 읽어주면서 깨달은 것이다. 물론 요즘 쉽게 접할 수 있는 이야기책 읽어주는 영상이나 유튜브, 동화구연 장면을 보면서 따라 하고 익히면 좋다.

하지만 나는 그저 힘을 빼고 그대로 읽어주었다. 재미나는 장면이 나오면 웃기게 읽어주기도 했고 글 밥이 많은 날은 힘을 빼가면서 읽어주었다. 아이는 웃기게 읽으면 깔깔깔 좋아했다. 스스럼없이 읽어주고 스스럼없이 받아들였다.

내 목소리만 있으면 되니까

그림책에 살포시 내 목소리를 얹어본다. 둘째 아이에게 파도 그림책을 보여 주었다. 철썩철썩도 좋다.

글 밥이 많지 않은 책이다. 파도가 지나간 자리에 불가사리도 있다. 귀여운 소라도 보인다. 알록달록 예쁜 색감의 그림들로 가득하다. 가벼운 의성어, 의태어도 나온다. 가볍게 시작한다. 아이가 내 눈을 따라오지 않아도 된다. 내가 읽는 부분을 보지 않아도 좋다. 그냥 가볍게 색을 보고 그림을 본다.

아이가 펜을 잡고 있으면 그림책을 내어준다. 쓱 쓱쓱 낙서하면 그대로 둔다. 이 책은 아이에게 장난감이고 스케치북이다. 아이에게는 놀이도 되고 가벼운 장난감도 된다.

가벼운 책을 많이 접한 이후에 글 밥이 많은 책으로 넘어가도 된다.

책 읽어주기는 생각보다 힘들다. 정확히 말하자면 어렵다기보다 힘들다. 하루에 몇 권씩 정해놓고 읽어주는 건 더 어렵다. 아이를 키우면서 아이에게 그림책을 읽어준 경험이 있는 부모들은 안다.

책 읽어주는 일이 만만치 않음을.

그런데도 아이가 보든 안 보든 아이가 책을 고르든 부모가 책을 고르든 책을 읽어주는 일만큼 중요한 일은 없다. 놀이할 때, 밥을 먹다가, 먹은 후에, 어린이집이나 유치원에서 하원하고 쉴 때 읽어주는 것은 아이의 관심을 끌기 어렵다. 아이도 쉬고 싶고 놀고 싶다. 어린이집, 유치원에서 일정을 모두 소화하고 집에 왔는데 또 다른 책을 꺼내면 아이는 싫어한다. 나도 싫다.

그런데 유독 집중하는 시간이 있다. 그건 바로 잠자리 드는 시간이다. 잠자리에 눕는 시간이다.

이제 자자~ 불만 딱 끄면 바로 잠드는 아이는 아마 없을 거다.

이때 필요한 아이템이 수면 등이다. 수면 등을 벽 수면 등, 벽 조명이 제일 좋다. 헬로키티 모양, 구름 모양, 달 모양, 해 모양 모두 다 좋다…. 나는 아이가 3~4살 무렵 헬로키티 모양의 벽 수면 등을 샀는데 10살이 된 지금까지도 아주 요긴하게 잘 사용하고 있다.

책을 읽어주려면 은은한 수면 등이 필요하다. 밝은 형광등 조명은 아직 잘 시간이 안 되었음을 의미하고 책에 집중하기도 어렵다.

은은한 불빛의 주광색 수면 등은 하루의 일과를 차분히 정리하게 도와주고 아이와 함께 이불을 덮고 그림책을 펼치면 아이도 나도 그림책에 집중할 수 있도록 도와준다. 책 읽어주기의 일등공신이다.

나의 첫 출간 책 〈책 먹는 아이로 키우는 법〉에서 다룬 책에는 이런 내용의 구절이 나온다. 아이가 한 살이면 하루에 한 권의 책을 읽어주고, 아이가 세 살이면 세 권의 책을 읽어주라는 문구가 나온다.

무엇이든 처음 시작은 일단 하면 되고 멈추지만 않으면 된다. 시작하고 같은 책을 계속 읽어주고 그러다 보면 아이는 또 다른 책을 가지고 온다.

읽다 보면 내 발음이 귀에 들어오고 한 번 두 번 세 번 같은 책을 읽다 보면 발음이 교정될 때도 있다.

이쯤 되면 이 내용이지 외워지기도 한다. 나도 모르게. 지금 첫째 아이는 10살이니 10권? 묵묵히 진득하니 무엇이 되었던 아이에게 읽어주었더니 8~9살이 되던 무렵에는 혼자서 책을 읽기 시작했다.

그림책에서 학습만화, 흥미 만화로 넘어가는 단계라 대화도 내용도 많아졌는데, 아이는 어느 순간 혼자서 책을 읽기 시작했다.

나는 어릴 때 소심한 아이였고 가족들에게만 쾌활하고 웃긴 아이였다. 내 목소리를 낸다는 것이 어색했다. 학교 다닐 때도 그랬고 이후 직장에 다닐 때도 그랬다.

그랬던 내가 조금씩 내 아이 앞에서 목소리를 내기 시작했다. 내 목소리를 거부감 없이 들어주는 아이가 있어 좋았다.

지금 생각해보니 이런 경험을 할 수 있게 해주어서 또 고맙다. 아빠의 도움을 받을 수 있다면 더 좋겠다.

그림책을 보고 읽어주는 건 누구나가 다 할 수 있고, 또 얼마나 중요하고 지금 이 순간 소중한 일인지 알고 있다. 한 번이 어렵지, 또 한 번, 또 한 번 하면 할수록 느는 것이 책 읽어주기라고 생각한다.

피곤하지만 유일하게 아이의 눈을 보고 이야기를 나누는 시간, 잠들기 전 책 읽어주는 시간이다.

많이 안아주려고 한다. 잔소리를 많이 하기보단 그림책으로 내 목소리를 더 많이 들려주어야겠다. 아이는 훗날 기억할 거다. 엄마가 나를 안아주고 책 읽어줬던 그때 그 느낌을 말이다.

아 침 출근길, 엄마사랑 톡톡!

 계란 후라이를 먹고 싶다고 말한 적이 있었다.
 그런 날은 아침 출근길 계란을 톡톡 깨뜨려서 해준다.
한두 시간 있다 먹을 텐데 혹시라도 식을까 접시에 담
아 랩으로 씌워둔다.
 달걀을 좋아하고 흰자만 먹던 아이였는데, 어제는 노
른자도 맛있다고 한다.

 고소하다나? 계란 후라이는 반숙을 좋아한다.
 아빠를 닮아서일까? 반숙한 달걀을 밥과 케첩에 비벼
서 노른자를 터뜨려 맛을 음미한다.

어느 날은 참치를 너무 먹고 싶단다. 그런데 참치통조림을 열수가 없었다. 그날 저녁 퇴근하는데 아이가 말한다.

 "참치를 너무 먹고 싶었는데, 참치통조림만 열어주고 가면 안 돼요?"

 그래서 반찬 통에 참치를 따서 넣어두는 일이 일과가 되었다. 참치는 먹고 싶은데, 날카롭고 열기 힘든 참치통조림이 문제였구나….
 또 어느 날은 참치가 똑! 떨어졌다. 참치는 우리 집에서 귀하고 귀한 재료이다. 아이도 남편도 나도 모두 좋아한다.
 나는 참치통조림을 열고 김치찌개에 넣어 먹는다. 아이는 참치를 밥에 쓱쓱 비벼 배고픈 날 꿀꺽꿀꺽 맛있게도 먹는다.
 남편은 볶음밥을 할 때 참치를 넣기도 하고 고추장에 쓱쓱 비벼서 우걱우걱 먹기도 한다. 그래서 참치는 늘 일상이고 떨어지면 사두어야 하는 1번 참치가 되었다.

 내가 좋아하는 고추 참치도 있고 아빠가 좋아하는 큰~참치통조림도 있고 아이가 좋아하는 참치도 있다.

 우리 집에는 늘 참치가 함께한다.

사랑한다고 숙제를 떠안아주지는 않는다. 지금이 중요한 시기임을 알고 '스스로 학습을 하는' 태도를 익히기에 중요한 때이기 때문이다.

그러기에 지금의 상황은 달갑지만은 않지만 내가 할 수 있는 건 해주고 아이 스스로 몸으로 익히고 스스로 하게 되기를 기다려주는 것이다.

혼자 있는 걸 싫어하는 아이였다. 친구를 너무 좋아하고 스스럼없이 다가가는 아이였다. 지금은 집에서 혼자 온라인학습을 듣는다. 친구를 만날 수 없다.

일주일에 한 번 학교에 갈 때도 마스크를 하고, 친구와는 이야기를 나눌 수 없었다. 학원을 새로 다니기로 했는데, 2.5단계가 연장되어 갈 수가 없다.

그런데도 시간이 아이의 끈을 단련시켜주는 것인지, 요즘에는 "혼자 있을 수 있어~"한다.

문제 풀어 놓고 학습지도 풀어야 해. 하고 그날의 할 일을 알려주면 유튜브를 보다가도 자신의 할 일을 한다. 책상은 어지럽고 정리는 잘 안 되지만, 자신이 정한 시간은 지키려고 노력하는 아이의 모습에서 많은 걸 느낀다.

아침 돌보미 선생님도 아이에 관해 이야길 한다. 자신이 말한 것에 대해서는 스스로 한다고. 유튜브를 보다가도 시간이 되면 스스로 학습을 한다는 것이다.

내가 몰랐던 부분을 다른 사람을 통해 듣기도 한다. 나의 아이에 대해서 100% 알 수 있을까? 아니다. 내가 보는 약간의 모습은 그 아이가 가진 일부분이다.

남이 보는 아이의 모습은 또 달랐다. 어리게만 생각했었는데, 이런 면이 있었구나! 느낄 때가 많다.
아침에 먹을거리를 준비해두면 선생님은 말한다. 아이가 먹고 싶다는 게 있다고. 주관이 뚜렷해서 자신이 선택한 걸 꼭 먹는 아이라고 말한다.

그런 아이의 성향을 알고 슬기롭게 잘 대처해주는 선생님이 늘 고맙다. 내가 못 보던 모습을 봐주고 아이의 성향을 살펴봐 주시고 나에게 그날의 이야기를 해주시니 나는 안심이 된다.

스스로 놀고먹는 법을 깨우치는 아이

아침 시간에는 아이를 위해 하는 것이 또 있다.
연필깎이. 연필을 깎아둔다. 나 역시 잘 안되지만, 아이의 책상은 정리가 되어있으면 좋다. 아이가 글자를 적는 연필을 깎아둔다.
위에서 꽂아서 돌리면 쓱 쓱쓱 기분 좋은 소리로 연필이 깎인다. 한 자루는 부족하니, 2~3개 정도의 연필을 깎아둔다.

연필을 쥐는 힘이 제법 생기기는 했지만, 아직 글자를 적는 일은 어려울 때가 있다. 연필을 쥐다가 떨어뜨려서 연필심이 댕강 깨지기도 한다. 그럴 때를 대비해 연필은 여러 개 준비해둔다.

연필을 깎으면서 종일 수업을 듣고 집에서 지낼 아이를 생각한다. 연필을 깎는 과정에도 엄마의 사랑이 묻어난다.

혼자 놀기도 하고 함께하기도 한다. 동생과 이불에서 뒹굴뒹굴하고 놀 때도 까르륵~하기도 한다. 아이는 혼자 크지 않는다.

연필심을 깎을 때도, 달걀부침을 톡톡 깨뜨릴 때도 엄마의 사랑이 함께한다. 손글씨를 적을 때도 영상통화를 꾹 누를 때도 아이를 생각한다.

그런 아이 곁에서 이거 했어? 저거는? 확인하고 다그친 적도 많았다. 담임선생님에게 온라인수업 진도를 채우지 않아 문자를 받을 때도, 가정학습지를 제출해야 할 때도 이것저것 아이에게 확인하고 지시를 내린 적이 있었다.

물론 그 과정에서 아이도 울고 나도 속상했다.

단지 아이 곁에서 할 일을 알려주고 제시간에 마칠 수 있도록 안되면 한 번 더 알려주는 일.

그리고 기다려주는 일.

시간이 생기면 더 많이 안아주고 더 많이 마음을 열어주는 일. 그게 중요하다는 생각을 했다.
 아이는 스스로 제법 많이 성장해가고 있고 몸도 마음도 한 뼘 더 자라고 있다. 엄마 발 치수와 같아지고 있고 먹는 양도 엄마를 따라온다.

 함께 하면 함께하는 대로, 또 혼자서 할 일이 있으면 스스로. 그렇게 우리는 각자의 장소에서 각자의 시간을 보내는 방법을 알아가고 있다.

 엄마와 아이는 오늘도 성장한다.

단 둘이 데이트

첫째는 3학년이 되니 이것저것 준비할 것이 많았다. 그래서 어제 잠깐 외출한 틈을 타서 준비물을 샀다. 실로폰과 리코더.

음악 악기 준비물을 샀는데 딩동~딩동~ 두들기면서 둘째도 너무 좋아했다. 잘 가지고 노니 다행이다 싶었다.

그런데 저녁에 실로폰 막대기로 탕탕 치다가 첫째의 팔을 세게 치기도 하고 손톱으로 긁기도 하면서 상처를 냈다. 첫째도 참을 만큼 참는다는 것을 알기에 마음이 좋지 않았다. 분유를 타 주니 바닥에 이불에 질질 흘리기까지 했다.

첫째 마음을 읽어줄 새도 없이 나의 마음도 엉망진창이 되었다. 아이들 끼니까지 챙겨야 하고 밀린 설거짓거리가 눈에 또 들어왔다.

급기야 설거지를 달그락달그락해야 조금이라도 진정이 될 것 같았다.

정리가 안 되어있으면 할 일이 눈에 자꾸 들어오고 아이들에게 짜증을 낸다는 걸 알기 때문이다. 설거지해 놓고 아이가 우니 첫째 아이가 다가가 돌봐주었다. 그 사이 비빔면을 끓여 첫째 아이에게 가져가서 먹으라고 했다.

분유가 흘러 버린 이불은 세탁기에 걸쳐놓고 설거지는 대충 끝냈다. 저녁도 그럭저럭 해결했고 둘째도 분유를 먹였다.

이제 잠잘 시간. 거실은 난장판이다. 공들이 여기저기 널브러져 있고 식탁 의자도 닦아야 한다. 널브러져 있는 공들을 제 자리에 집어넣었다. 식탁 위와 거실만 정리하니 그래도 정리가 된 것 같았다.

남편에게 연락한다.

"내일 아침에 나갈래."
"그래"

정말 오래간만에 아이와 외출을 나왔다. 아이의 손을 꼭 잡고 지하철역으로 향했다. 비가 올 것 같은 우중충한 날씨지만, 나오니까 좋았다.

아이와 함께 하는 시간이 늘 아쉬웠는데 이렇게라도 손을 잡고 걸으니 좋았다.

지하철에서 아침에 덜 잔 잠을 자느라 꾸벅꾸벅 졸았다. 우리의 목적지에 도착했다.

지난번 생각해 둔 떡볶이집에 가보고 싶었다. 아이도 좋다고 한다. 떡볶이와 볶음밥 하나를 주문하고 망고 에이드도 아이를 위해 함께 주문했다. 망고의 맛과 시원한 에이드의 맛이 좋았다. 아이도 좋아했다.

지글지글 끓어오르는 떡볶이를 보면서 아이에게 잘 익은 떡 하나를 건네주었다.

"조금 있다가 식으면 먹어~"

내가 먹기에도 약간 매운데 맛있다며 냠냠 먹었다. 볶음밥도 약간 매운데 배가 고팠는지 맛있게 먹어주었다. 망고 에이드도 마시면서.

오랜만에 느긋하게 단둘이 앉아 이런저런 이야기도 하고 아이가 좋아하는 떡볶이도 먹으니 그 시간이 행복하다 느껴진다.

아이는 한 켤레의 신발을 매일같이 신어 이번에 새 신발을 사야겠다고 마음먹었다. 어떤 게 마음에 들어? 물으니 하얀색 단색 운동화를 골랐다. 대번에 신어보자고 하고 230 달라고 했다.

신어보니 약간의 여유도 있고 쿠션감도 있어 마음에 쏙 든단다. 나도 매일 신는 운동화만 신고 방문을 다니다 보니 많이 헤쳐서 이번 참에 구매하기로 했다.

나는 검은색 운동화, 아이는 흰색 운동화를 함께 신고 매장을 나왔다. 마음에 쏙 들었나 보다. 그리고 기분이 좋아 보였다.

마지막으로 서점에 들렀다. 아이와 함께 지하철을 탈때면 늘 방문하는 곳이다. 서점에서 나는 아이스 라테를 주문하고 아이는 책을 고르러 갔다.

우리는 늘 이런다. 아이는 책을 고르고 펼쳐보고 만져본다. 나는 내가 좋아하는 아이스 라테를 주문하고 아이가 고르는 모습을 유심히 바라본다.

아이에게 손을 흔든다. 자연스러운 움직임. 편안한 모습이다.

"엄마 이 책 사도 돼요?"

원래 3권을 사기로 했는데 오늘도 권 수를 넘쳤다.

Why 책 시리즈가 재미있다고 말하며 교과서 연계 책이 나와서 그것도 사고 아이가 좋아하는 위인전 인물 책도 사고, Go fish 게임 중 사회 국가, 인물 시리즈도 샀다. 3만 원이 넘으면 사은품으로 주는 액자도 받아왔다.

그리고 나는 내 책을 고르러 간다. 단 몇 줄만 읽어도 지금의 내 마음을 콕 찍어 읽어주는 것 같아서 마음에 쏙 들었다. 아이에게 신나게 자랑한다.

"엄마가 최근에 고른 책 중에 이 책이 정말 마음에 든다. 제일 마음에 들어"

등산을 온 것처럼 책이 든 내 배낭은 이미 거북이 등처럼 무거워졌다. 돌아오는 길에서 내 등을 보이며 아이에게 말했다. 엄마 거북이 등처럼 되었다고.

돌아오는 길에 수박 한 통을 샀다. 아이가 수박을 같이 들자고 한다. 자기가 한 통을 두 팔로 껴안아 들어보이기도 한다.

한 편의 시나리오처럼 오늘의 하루도 쏜살같이 흘러갔다. 나는 오늘 첫째 아이와 간만의 데이트를 했고 남편은 둘째 아이와 근처 카페에도 가서 데이트를 즐겼다.

이렇게 각자의 시간을 충분히 보내고 또 4명이 저녁에 함께 모였다.

지금도 남편은 안방에서 잠을 자고 첫째 아이는 자기 방 침대에서 노트북 영상을 보고 나는 거실에 앉아 글을 쓰고 둘째 아이는 내 곁에서 동영상을 보고 있다.

 하는 일은 모두 다르지만, 우린 또 오늘 가족의 시간을 느꼈고 가족의 사랑을 즐겼다.

기 다 려 주 는 시 간

나는 어렸을 때 피아노를 배웠다. 7살부터 10살까지?
이 역시 통과의례처럼 초등학교에 입학하면 배워야 하
는 것 중 하나다.
내가 초등학교에 다닐 때는 피아노교재는 거의 정해져
있었다.

초급 바이엘, 하나, 소나타, 오래 배우면 체르니….

보통 체르니 100까지는 배우고 많이 관두는 것 같다.
그 당시 내가 저학년인데도 피아노를 그래도 꾸준히 배
웠는데, 부모님이 피아노를 선물로 사주었다.

중간에 그만두어서 제대로 배우진 못했고 그 뒤로 피아노 악보, 반주 책을 보고 피아노를 치는 데 한계를 느끼기도 했다. 페달 밟는 방법조차 배우지 못했다.

이후 나는 대학병원 간호사를 할 때, 교대근무 짬짬이 시간을 내어 집 근처 피아노 학원에 다니기도 했다. 그때 아마도 페달을 배웠던 것 같다.

엄마는 내가 피아노 치는 소리를 좋아했다. 엄마가 설거지하고 있을 때 내가 피아노를 치면 엄마는 좋다고 했다. 엄마가 좋아하는 모습에 시간이 날 때마다 반주 책을 보고 피아노를 치곤 했다.

사실 피아노 학원에 다닐 때 좋았던 기억보다는 집에서 칠 때의 기억이 더 좋았던 것 같다. 그래서 나는 아이가 1학년이 되어도, 2학년이 되어도 피아노 학원에 보내지 않았다.

복작복작한 수업 실에서 너무나 많은 학생 틈에 끼어 수업을 들었던 어릴 때의 기억은 그렇게 좋은 기억으로 남아 있지 않았다.

아이 학교 근처에도 피아노 학원이 많다. 상담을 받으러 가기도 했었는데, 내가 어릴 때 배우던 그곳과 크게 다르지 않았다.

많은 학생이 왔고 일대일보다는 테스트하는 식으로 짧게 짧게 지도하고 연습하고 집에 갔다.

콩나물시루처럼 한 교사가 너무 많은 아이를 지도해야 하는 상황이 꼭 보내야 해? 보내야 할까? 내 마음에 진심으로 와닿지 않았다.

상담하러 가면 아이의 의견을 꼭 물어보는 편이다. 아주 어릴 때는 엄마의 생각과 주관, 의견으로 따라가지만 7살이 넘어가면서 아이의 의견을 듣고 학원을 보내거나, 관두기도 했다.

내가 느낀 생각과 비슷하게 아이도 느끼고 있었다. 남들이 다 하니깐, 남들도 다 하는데~ 내 아이도 보내기는 싫었다. 물론 학원에 가면 많은 친구도 사귈 수 있고 매일 혼자 집에 있어야 하는 아이에게 조금이라도 배우고 느낄 수 있는 학원에 보내고 싶은 게 엄마 마음이었다.

고심하다가 또 다른 곳을 들렀다.

아이가 다니는 학교 앞은 아니었다. 오히려 정 반대편 거리에 있는 조금 멀찍이 떨어진 곳이었다. 아이와는 (코로나 이전에) 자주 다니던 작은도서관이 있는 위치의 건물이었다.

생긴 지 오래되지는 않았지만, 왠지 모르게 눈길이 갔고 아이도 학교 앞보다는 거리가 있는 곳을 원한다고 했다.

오히려 피아노를 처음 시작하는 시기인데, 같은 학년 3학년의 아는 친구들이 자기보다 잘 치거나 훨씬 많이 진도를 앞서 나가고 있다면 마음이 어떨까?

빨리 시작하는 게 좋은 게 아닌 것을….

하지만 자주 만나고 옆의 친구가 치는 것을 계속 보게 되고 나는 왜 자꾸 틀리지? 나는 도. 레. 미부터 시작하는데 친구는 날 어떻게 생각할까? 그런 생각들이 느껴졌다. 그래서 아는 친구들이 많은 학교 앞보다는 거리가 떨어져도 오히려 모르는 친구들이 있는 곳에서 다니고 싶다는 아이의 마음에 나도 동의했다.

집에서 도보로 10여 분이 걸리는 거리이고 가는 중간에 신호등 건널목도 건너야 해서 매번 같이 갔다가 올 수 없는 상황에 결정하기란 쉬운 결정이 아니었다.

하지만 피아노 학원의 원장님을 만나보고 함께 처음 왔을 때 아이를 대하는 방식, 그리고 아이에게 말을 하고, 아이의 손길을 피아노와 접목하는 모습을 보고 나는 굉장히 인상에 남았다.
보통의 대다수의 피아노 학원에 가면 레퍼토리대로 제일 초급 피아노교재를 가지고 짜인 각본대로 수업을 진행한다.

하지만 이곳에서는 아이에게 차분히 말을 건네고 아이의 의견을 물어보며 아이의 손가락과 피아노에 관한 관심을 유도하면서 진심으로 아이를 일대일로 마주 대하고 있다는 느낌을 받았다.

바로 옆에서 아이가 피아노 건반을 누르고 선생님의 지도에 따라 하나하나 수줍지만 따라 하는 모습을 보고 나는 안심했다.

내 느낌대로 아이는 피아노 학원에 다니기로 했다. 피아노 학원을 다닌 지 250일이 되어간다고 며칠 전 아이가 말했다. 그런 것도 기억하고 있었어? 내심 놀랍고 고맙다. 함께 가주었을 뿐인데. 그리고 오가며 10여 분의 거리지만 초반에 함께 갈 수 있는 선생님이 있었으면 좋겠다는 생각으로 놀이선생님의 도움을 받으며 오가는 길이 즐거웠다고 이야기를 했다.

미술학원과 피아노 학원.

매주 두 번씩 가는 아이의 보금자리다. 늘 무언가 배운다는 것은 설레기도 하면서 때로는 부담으로 느껴질 때가 있다.

어느 부분이든 꾸준히 배우고 연습하면 계단식의 모양대로 부쩍 한 단계씩 성장하는 시기가 온다. 내 아이를 바라볼 때 나는 매번 느낀다.

연습하고 싶다고 하며, 진짜 피아노 대신 연습용 전자 피아노를 집 한쪽에 마련해두었다.

피아노와는 다르게 건반 자체가 얇고 가벼워서 정통 피아노를 치는 것과는 다르다. 하지만 그것만으로도 아이는 6개월이 넘는 시간 동안 거의 매일 피아노 앞에 붙어 있다.

자신이 좋아하는 곡을 칠 때 기분 좋아하고 또 새로운 곡을 배워 새로 연습하다 부딪히는 날에는 잘 안된다고 하며 잠시 쉬었다가 다시 또 피아노 앞에 앉는다. 이런 모습에는 나는 아이의 끈기를 보고 관심을 느낀다.

아이가 말할 때까지 기다려주었다. 뭐든 내가 알아서 상담받고 결정하고 아이를 보내면 될 일이지만, 아이의 의견이 소중하다는 것을 안다.

아이가 다니고 싶어서 할 때까지 기다려주었다. 집에서 마냥 놀아도 보았고 지루한 시간을 보내도 보았다. 엄마가 집에 없으니 심심했을 것이다.

메마른 땅에 시원한 폭우가 내려 땅을 촉촉이 젖어주는 것처럼 아이의 마음에도 맑고 시원한 샘물이 퐁퐁 샘솟았다. 그것이 피아노와 미술을 배우면서 배움에 대한 갈증, 잘하고 싶은 갈증, 더 많이 알고 싶은 갈증을 아낌없이 적셔주고 있는 것 같다. 지금 내 아이는 피아노 학원을 혼자서 갔고 또 집에 오면 피아노 앞에 앉을 것이다.

가장 가까이에 있는 엄마가, 아빠가 아이의 성향과 스타일을 잘 안다. 그리고 부모의 관심이 아이의 관심을 증대시킨다고 생각한다.

이것도 하고 싶고 저것도 하고 싶은 나이, 호기심이 마구마구 샘솟는 나이, 바깥에 가고 싶지만, 친구를 제대로 만날 수 없는 시기이기도 하다.

빨리 배우는 아이가 있는 반면에, 내 아이처럼 느리고 천천히 배우는 아이가 있다. 조바심을 내지 않으려고 노력했다.

수학 문제를 빨리 못 풀거나, 하기 싫어하는 아이를 앉히기도 많이 했다. 아이는 눈물을 뚝뚝 흘리며 하기 싫다고 했고 숙제이기 때문에 어느 정도의 강제성도 필요했다. 내 아이를 가르치면 사이가 많이 멀어진다고 한다. 온라인을 매일매일 하는 상황에서 손을 놓을 수는 없었다.

아이를 앉히고 정해진 페이지까지 풀도록 했다. 눈물을 흘려도 해야 하는 건 해야 하는 거니까.

자유로움에는 어느 정도의 의무도 필요하다. 적정선을 지키는 것이 가장 어렵다고 한다.

아이와의 감정을 다치지 않게, 나 역시 너무 소모되지 않게 엄마와 딸 사이에 조금씩이지만 매일매일 꾸준히 잔소리도 하고 강요도 하고 자유로움도 주었더니 지금은 어느 정도 자신의 시간을 지켜서 할 수 있게 되었다.

수학 과제나 학습지도 너무 힘들어하고 싫어하더니 지금은 많이 틀리고 연습해서인지 눈에 띄게 나아지는 모습을 보인다.

수학 문제처럼 많이 틀려보아야 보인다. 다시 풀면 되고 다시 하면 되니까.

인생의 경험도 그렇다. 많이 틀려보고 많이 부딪혀보는 40을 바라보는 지금의 나이에서 전보다 조금씩 성장하는 내 모습이 보인다.

다양한 것을 경험해보고 연습해보는 과정, 그리고 틀려도 좋으니 지금 잘 안 보여도 좋으니 일단 한번 해보는 거지 뭐. 그냥 걸어도 보는 그거로 뛰어도 보는 거지.

처음은 아주 간단히 가볍게 시작하는 게 좋다. 내 아이가 미술학원에 가게 된 계기가 친구를 만나서였고, 단지 그림을 그리고 싶어서였으니까.

나이 마흔에 어쩌면 조금 더 일찍 나도 피아노를 다시 배울지도 모르겠다. 피아노를 다시 배우고 싶다. 단지 그 이유뿐이다.

내가 어떤 사람인지 내가 무엇을 좋아하는지 조금 더 윤곽이 드러나기도 한다. 내 아이가 그랬듯이, 기다려 주는 시간이 필요하다. 나는 오늘도 나를 기다린다.

마스크를 안 가져갔어

오늘 아침 딸아이가 지각했다.

오늘은 정식 첫 등교 개학일이었다. 그런데 지각을 했습니다.

방학 기간에도, 온라인 원격수업하는 이틀 동안도 늦게 일어나는 습관이 든 것 같았다.

8시 40분까지 등교인데 내가 눈을 뜨니 아뿔싸.

8시 50분이 지나고 있었다.

이게 아닌데. 하며 부랴부랴 아이를 깨우러 갔다. 아이가 깜짝 놀라 일어나며 울 것 같은 얼굴로 나를 바라본다. 빨리 세수하고 옷 입어! 지금 가야 해.

잠을 깬 둘째 아이 덕에 나도 잠에서 깬 것이다.

어제저녁 색연필에 이름표를 붙이고 첫째는 등교일에 제출할 계획표를 적고 교과서에 수업내용을 적으며 늦게 잠이 들었다.

그 와중에 둘째와 놀아주다가 사인펜이 종이에 흠뻑 칠해서 종이가 갈기갈기 찢어진 와중에 또 내가 첫째를 혼내고 말았다. 저지레를 했으면 치워야 하는데 그대로 두었던 것이다. 내가 항상 뒤처리를 담당해야 하는 것도 아닌데 그대로 놓아둔 것이 몹시 화가 났었다.

그렇게 혼난 마당에 기분도 좋지 않은 채 첫째는 잠이 들었다. 알람을 켜두지 않고.

방학 때도 일찍 일어나야 하는 일이 있으면 스스로 알람을 설정해두고 잘 일어나던 아이가 어제는 혼이 나서 깜빡했을 거란 생각이 들었다.

나도 어제 둘째를 밤 한 시가 된 시점에 재우고 느지막이 첫째 아이 국어 교과를 보고 또 느지막이 빵 한 개를 먹느라 늦게 잠이 들고 말았다.

세수를 급히 하고 옷과 바지를 입고 멍하니 서 있는 아이를 그럴 시간 없어! 라고 말하며 또 재촉해서 그렇게 무거운 가방을 건네고 엘리베이터 버튼을 누르고 가라고 마중했다.

내복 바람의 둘째를 안고 복도에서 저 밑에 첫째가 뛰어가는 게 보였다.

마음이 얼마나 급할까. 첫 등교일에 입는다고 산 예쁜 민트색의 원피스를 입고 간다며 기대했었는데.
까만색 구두를 신고 여유 있게 가방을 메고 핸드폰도 챙기고 엄마와 안녕 인사하고 천천히 가고 싶었을 텐데.
아이의 마음이 생각나서 마음이 무거웠다.

다음 주면 나도 출근해야 해서 지금 집에 있는 시간에 차로 데려다줄 걸 하는 아쉬운 마음도 들었다. 그렇게 아이가 잘 도착하기를 바라며 둘째 아이를 뽀로로 영상을 보게 눕혀놓고 내 할 일을 해야지 하고 있었다.

5분 정도 지났을까? 현관문 여는 소리가 들린다. 띡띡 띡띡.

첫째다. 들어오면서 울음 섞인 목소리로

"마스크를 안 가져갔어 ㅠㅠ"

울먹거리는 아이를 달래고 일단 마스크를 챙기라고 말했다.

엄마도 몰랐다고 너무 급한 마음에 그냥 나가니 이런 일이 생긴다. 망할 마스크.

언제쯤 마스크에서 해방이 될까? 마스크를 끼고 내가 차로 데려다주기로 했다. 학교에 다가서 도착해서 보니 마스크가 없었던 거다. 정신없이 나가고 뛸 때는 몰랐는데 학교에 도착하고 보니 마스크!

아침 시간 뽀로로 영상을 보면서 여유 부리던 둘째를 들춰 안고 창피하지만, 아래는 저의 남색 내복 바지 그대로 입고 차 열쇠를 챙겨서 서둘러 문을 나섰다.

차 문을 열고 출발하니 뒤 트렁크 다시 닫으라는 알림이 띡띡 울린다.

그럴 시간 없는데. 조심조심 나가기로 한다.

아파트 입구에서 또 한~참을 기다렸다. 신호가 왜 이리 길게 느껴지는지. 뒤 트렁크 문도 걱정이 되던 찰나 좌회전 신호를 따라 학교 앞으로 갔다.

오늘따라 학교가 멀게 느껴지고 가슴은 조마조마했다. 차에서 내리는 아이에게 빨리 가라고만 했지 잘 가~라는 다정한 인사를 못 건넨 것이 아쉬웠다.

엄마가 괜찮아. 늦어도 괜찮아. 늦었지만 잘 다녀와. 라고 아이를 안심시켜 주었다면 좋았을걸.

아이가 아프면 엄마도 아프다

요즘 아이는 신났다.
일주일 두 번이지만 학교 가는 날을 기다린다.

지난주에는 전날 자신이 제일 좋아하는 페퍼로니 피자를 시켜주었더니 맛있다고 우걱우걱 아주 피자 한 판을 다 먹을 기세로 입안으로 밀어 넣는다.

피자가 한 조각, 한 조각 없어지고 총 4조각을 먹어 치웠다. 총 8조각의 대형의 피자가 반으로 줄어들었다. 더 먹을까 싶어 나머지는 아빠 줘야 해~ 라고 말하며 아이의 피자로 향한 입맛을 잠시 멈추었다.

새벽 2시경 밀가루 음식을 4조각이나 먹은 아이는 그 날 밤 체했는지 배가 아프다며 끙끙 앓기 시작했다.

　아이는 배가 아프다며 울었다. 장운동이 멈추고 체한 것 같아서 소화제 한 알을 꺼내어 먹였다.

　아이들의 장은 약하기 때문에 장의 움직임이 현저히 떨어질 수 있다. 특히 밤에 장도 쉬어줘야 하는데, 전 날 먹은 과한 음식들로 장이 부담을 느꼈을 것이다.

　그러다 보니 소화해야 할 음식물은 많고(심지어 소화가 잘 안 되는 밀가루) 장의 움직임은 느려졌으니 당연히 장이 탈 나고 아이는 배가 아프다고 울먹이기까지 했다.

　소화제를 먹이고 작은 수건을 물에 적시고 전자레인지에 1분여간을 돌려 따뜻하게 해서 아이의 배 위에 올려주었다. 새벽 3시….

　담임선생님에게 전화가 오다.

　금요일 아침, 8시에 나와 함께 집을 나서는데 전날 아팠던 것 치고는 상태가 좋아 보였다.

　평상시와 같아서 기다란 머리를 질끈 묶어주고 엘리베이터를 타고 함께 내려왔다.

　나는 출근을 했고 아이는 학교에 갔다. 한두 시간이 지났을까? 070으로 시작되는 모르는 번호로 전화가 왔다.

일하는 중에 전화를 받았다. 아이 담임선생님이었다. 아이가 등교 후 수업시간 중에 배가 아프다고 자리에 앉아있을 수가 없어서 보건실에 갔다고 한다.

어제 먹은 피자와 밤에 아프다고 울었던 일이 생각이 났다. 낮에 소화가 된 줄 알았는데 그게 아니었나 보다. 아침에는 등교준비를 하느라 정신이 없어 잠시 잊고 있었는데, 학교에서 수업하면서 배가 아픈 것이 낫지 않은 상태로 통증으로 느껴진 것이다.

그때부터 안절부절못했다. 조퇴하고 집에 오면 좋은데, 집에는 돌봐줄 사람이 아무도 없었다. 아이에게 전화를 걸었고 통화를 했다.

목소리를 들었고 아파서 보건실에 누워있다고 했다. 소화제를 어젯밤에 먹었으니, 보건실에 소화제 복용이 가능한지 확인해보았다.

아이가 아플 때 어떡해?

그사이에 나는 일하는 중간중간 아이를 돌봐줄 수 있는 선생님을 알아보았다.

2년 가까이 아이들을 돌보아주신 아이 돌보미 선생님이 제일 먼저 생각이 났다. 전화되지 않자 기다렸다가 다시 통화했다.

다행히 오전 일정이 가능하다고 하시며 11시경 학교로 아이를 픽업할 수 있다고 했다. 나는 담임선생님에게 전화를 걸어 아이를 픽업할 수 있는 분이 있다고 말하며 학교로 방문 드린다고 전했다. 담임선생님-아이-돌봄 선생님 사이에서 아이가 헤매지 않게 잘 연결될 수 있도록 여기저기에 전화를 드렸다.

1분, 2분, 10분이 지났을까. 아이와 통화한 이후로 연락이 없어 지금쯤 만났을까 생각하면서 전화를 했다.

방금 돌봄 선생님을 만났다고 해맑게 말하는 아이의 목소리를 들으니 안심이 된다.

선생님을 통해 아이와 함께 병원 진료를 보고 약과 죽을 먹일 수 있도록 알려주었다.

평소 우리 가족과 소통하며 몇 년간 아이들을 돌보아 오신 만큼 아이들의 상태를 알고 나와의 호흡도 척척 맞았다. 안심이다.

학교에서 아플 텐데 보건실에 누워있던 아이를 생각하며 오전 내내 마음이 쓰였다. 집에 가도 돌보아줄 가족이 없어 조퇴를 하지 못한 상황에서 서럽기도 했다.

병원 진료를 보고 약을 지어오고 점심으로 간단히 먹을 죽을 편의점에서 사 왔다고 했다. 선생님을 통해 아이가 장염으로 진행될 수 있었고 위와 장 사이가 꽉 막힌 듯 체해있었다고 했다.

그리고 요즘 초등학생 사이에서 장염이 유행이라고 하면서 손을 깨끗이 씻고 밀가루나 즉석, 유제품은 먹지 않는 게 좋다고 나에게 전해주었다.

오랜만에 학교에 가는 날, 친구를 만난다는 들뜬 마음으로 가방을 챙겨 함께 나왔는데 수업에 참여할 수 없었다.

아이는 배가 아파서 보건실에 누워있었다.

친구들과 정다운 이야기를 할 수 없었고 좋아하는 물감 채색을 할 예정이었던 미술학원도 갈 수가 없었다.

아이가 아프면 엄마도 아프다.

아이의 아픔과 서러움을 알기에 엄마도 발을 동동 구른다. 일터에 매여있어 바로 달려가 보지 못하는 엄마의 마음.

나 대신 누군가라도 아이의 곁에 있어 주기를 바랐다. 지난 일 년간 아이를 돌보아준 아이 돌보미 선생님에게 연락이 닿아 다행이었고, 아이 곁에서 잠시나마 함께 진료를 봐주고 죽을 챙겨 먹여주어 안심되었다.

긴급하게 연락드렸지만, 아이를 돌보러 기꺼이 달려오신 선생님에게 고마웠다. 친정과 시댁이 멀어 육아의 (비상) 지원 없이 육아를 해내야 하기에 이런 상황이 생기면 막막하다.

한가지 바람이 있다면, 현재 아이 돌보미는 평일 정규 시간(9시~18시)에만 전화 상담과 돌보미 일정연계가 가능한데, 사실 아이들이 아픈 건 저녁, 반나절이다. 평일 붉은 선으로 지울 것 없이 긴급돌봄이 필요한 경우가 생긴다.

저녁에 갑자기 둘째가 열이 난적이 있었는데 앞이 깜깜했다. 요즘 상황에서 열이 나면 어린이집에도 가지 못하는 상황이 생기고 다음 날 출근을 해야 하는 상황에 저녁에 긴급하게 돌봄을 요청할 수 없었기 때문이다.

국가에서 시행하는 아이 돌보미 서비스는 저녁이나 주말에도 비상으로 정말 긴급하게 돌봄이 필요한 경우 연계가 되면 좋겠다.

아이를 키우는 데에는 온 마을이 필요하다. 육아의 도움이 필요한 순간 마음 놓고 신청할 수 있는 제도가 되어주기를 바라고 아이의 곁을 지켜주는 울타리가 되어주기를 바란다.

아 침 식 사 처 음 먹 네

아침 7시.

냉장고에서 삼겹살을 꺼낸다.

요즘 월, 화, 수요일은 집에서 온라인수업을 하는 아
이를 위해 아침 겸 점심(브런치)을 준비한다.

아이는 삼겹살을 좋아한다.

주말에 장을 보고 삼겹살을 구워주었더니 맛있다고 쌈
장에 푹 찍어 먹었다. 아침에도 삼겹살을 주문한다.

늘 그렇듯 식탁 위에 올려진 반찬과 달걀, 소시지에
질려갈 때쯤….

아침 시간, 아이들이 자는 시간.

아침부터 프라이팬은 열심히 일한다.

삼겹살이 익어가고 삼겹살의 기름진 맛있는 냄새가 온 집안을 가득 채운다. 서둘러 환풍기를 켜고 창문을 반 이상 활짝 열어놓는다. 쌈장을 안 찍어도 짭짤한 맛을 돋워주는 허브향 소금을 톡톡 뿌려준다.

삼겹살이 익어가는 사이 냉장고에 전날 넣어둔 밥을 꺼낸다. 냄비에 밥과 물을 가득 넣고 약한 불에서 보글보글 끓인다.

아침 시간에는 밥이 넘어가지 않는다. 그래서 밥보다는 죽, 또는 빵을 먹는다.

밥알이 풀어질 때쯤 삼겹살을 한 번 더 뒤집어주고 아이를 위해 잘게 잘라둔다.

충분히 밥알이 죽이 되고 풀어지면서 국물에 뽀얀 쌀가루 국물이 보인다. 푹 익은 것이 좋다.

불을 약하게 줄이고 그사이 둘째 아이의 어린이집 식판을 준비한다. 매일 점심을 먹고 물컵을 사용하고 어린이집 가방에 담아오면 저녁이나 밤에 설거지한다.

다음날 잘 마른 식판과 물컵, 그리고 숟가락, 젓가락을 한 세트로 수저통에 넣어 가방에 준비한다.

7시 30분. 첫째를 깨운다.

전날 머리를 감지 않아 오늘 아침에 감기로 했다. 머리를 기르는 것을 좋아하는데, 긴 머리카락이 여간 관리가 필요한 게 아니다.

엄마처럼 자를래? 물으면 싫단다.

사춘기에 접어든 아이는 머리카락에도 예민합니다. 잘 빗겨지지 않으면 짜증을 내고(그래서 린스를 사주었고) 머리 감은 지 며칠 지나 기름지면 머리 감으라고 잔소리를 하면 다음에. 다음에 미루었다.

오늘은 눈을 번쩍 뜨고는 머리 감으러 화장실에 간다. 분홍색 대야에 물을 받고 아이의 머리카락을 적신다.

긴 머리카락이라 샴푸도 많이 사용한다.

좁은 샤워실 칸 안에서 아이의 머리를 감아주고 샤워기로 헹구어준다. 스스로 할 수 있지만, 아침 시간이라 머리 말릴 시간을 벌기 위해 조금 도와준다.

커다란 드라이기로 아이의 머리카락을 말리기 시작한다. 안쪽부터 바깥쪽까지 왼쪽 오른쪽 왔다 갔다 하며 방대한 머리카락을 말린다.

축축했던 머리카락이 점차 촉촉해진다. 1분, 2분, 5분가량이 흘렀을까? 아이는 나를 닮아 머리카락이 풍성하다. 머리카락 자체가 굵고 양도 많은 편이다. 그러니 드라이를 하면 오래 걸린다. 아주 오래.

가장 간단한 로션과 선크림을 바르고 둘째 아이의 축축한 기저귀를 갈아 준다. 그 사이 첫째도 오늘의 옷을 입고 작은 드라이기로 머리를 조금 더 말린다.

드디어 식탁에 앉는다. 밥보다는 머리 스타일에 관심이 많은 아이는 머리를 감은 후에야 삼겹살을 입안에 넣는다. 간이 딱 맞게 바싹하게 잘 구워진 삼겹살은 아이의 입맛을 돋운다.

함께 끓인 죽은 한 김 식어 한입 두입 떠먹기가 좋다. 살짝 데운 콩나물국은 식었는지 먹어보질 않는다. 큰 그릇에 가득 담긴 죽에 약간의 소금간과 참기름을 두 방울 떨어뜨려 입맛을 돋운다. 목 넘김이 좋다. 부드럽고 씹기도 좋은 죽은 나의 가장 사랑하는 아침 식사다. 아이도 죽을 좋아한다.

함께 식사하면서 아이가 말한다.

"아침 식사 처음 먹네!"

아니거든, 몇 번 해주었거든. 아마도 오랜만에 간만에 둘이 앉아 먹으니 그런 느낌이 들었나 보다. 학교에서도 아침 식사를 꼭 하고 오라고 했단다.

학교 가는 날 아침은 삼겹살과 머리 말리는 것은 좀 무리지만, 죽 정도는 해 줄 의향이 있다.

오늘 아이와 함께 아침밥(죽)을 먹어서 바빴지만, 나도 기분이 좋았다. 함께 아침을 먹고 거실에 앉아 아이의 헝클어진 머리를 빗질한다.

 아침 시간 느긋하게 린스까지 할 시간은 없었기에, 아이의 머리카락이 거칠거칠하다. 일자 빗, 둥근 빗으로 빗고 겨우겨우 머리를 빗어 내린다.

 긴 머리지만 단정히 하나로 묶는다. 아이도 학교에서 수업을 듣거나 체육활동을 할 때, 급식을 먹을 때 불편함을 느꼈을 거다. 머리숱이 많다. 나를 닮아서.

 아침 8시 출근하는 시간.
 아이와 함께 집을 나선다. 아이는 학교로. 나는 직장으로.

 학교로 직장으로 어린이집으로 우리 가족은 온종일 다른 장소에서 다른 시간을 보낸다. 그리고 저녁 시간 다시 함께 모일 것이다.

 아침 시간은 바쁘다. 출근 준비하느라 머리 감느라 바쁜 시간이다.

 단 30분이지만 아이와 함께 간만에 아침을 먹고 잠깐의 이야기를 나누고 머리를 묶어줄 수 있어 감사한 하루다. 아침부터 삼겹살 향을 머금은 우리 집.

 이따가 보자.

엄마의 책상도 필요해

결혼하고 아이를 낳고, 아이를 키우다 어느 날 문득 내 책상을 돌아보게 된다.

나도 어린 시절 내 책상이 있었고 그 책상에서 편지도 쓰고 내 책을 정리해두었다.

하지만 결혼을 하고 대부분 남편의, 남자의 서재 자리는 당연한 듯 존재하지만 정작 엄마인 나의 자리는 사라져가고 있었다.

여기서 묻고 싶다.

진정 주방이라는 자리가 여자의 자리인지? 엄마의 자리인지, 나의 자리인지.

주방은 여자의 전유물이 아니며, 남자의 전유물 또한 아니다. 부부 공동의 공간이며, 가족이 함께 공유하고 요리를 하는 공간이다. 아이들도 간단한 달걀부침을 할 때 주방에 들어오고, 주말에 남편이 아이들을 위해 요리할 때가 그러하다.

사실 이전에 나의 어머니 시절만 해도 엄마가 밖에서 일하기 쉽지 않았다. 가정에서 아이들을 돌보고 양육하는 주된 역할을 하는 사람은 어머니였다.
아들 선호사상이 인식에 굳건히 자리하고 있었고 자녀의 수가 월등히 많았다. 할머니 시절만 해도 한 가정에 자녀의 수가 대여섯 명은 보통 넘어갔다.

가정에서 많은 자녀를 보살피고 부족한 살림살이는 밭에서 농사를 짓거나, 혹은 시간의 제약을 받지 않고 자녀들을 돌볼 수 있는 아주 간단한 일들만 가능했다. 그렇다 보니 매 끼니를 주방에서 준비해야 했고, 제사나 가정의 집안일이 있을 때면 늘 주방에서 벗어나지를 못했던 것도 사실이다.

그러다 보니 주방에서 대부분 시간을 보내야 하는 어머니의 전유물로 주방이라는 공간이 인식되었고, 설이나 추석 명절에도 늘 어머니들 위주로 음식을 준비하고 요리를 하며 설거지를 해왔다.

아침상을 차리면 설거지를 하고, 간식을 먹고 또 설거지한다. 점심때가 되면 음식을 준비하고 요리를 하고 상을 차리고 또 설거지한다. 저녁도 마찬가지다.

차리고 먹고 치우고 차리고 먹고 치우고의 무한한 반복이다.

요즘은 달라지고 있다. 나를 포함해 맞벌이 부부들이 많다. 아이가 어릴 때는 당연히 엄마의 손길이 엄마의 정성이 닿는 것이 좋지만, 각자의 상황과 사정에 따라서 일을 하면서 아이를 돌볼 수 있다.

예전에는 대가족이었고, 자녀가 많은 만큼 육아의 도움을 받을 손길이 곳곳에 많았다. 이웃집의 문턱이 지금처럼 높지 않았고, 엄마·아빠를 비롯해 할머니, 할아버지, 삼촌, 이모, 주변 이웃의 도움을 받을 수 있었다.

지금은 핵가족이고 부부와 자녀로 구성되어 있다.

주변에 친정, 시댁이 가까이 살지 않는 경우가 대부분이다. 그렇다 보니 육아의 도움을 받을 수 있는 곳이 부족하다. 어린이집에 의존할 수밖에 없고, 부부의 공동육아와 공감이 더욱 중요한 이유다.

'아빠' 육아가 급부상하고 있다.

나와 너, 그리고 우리. 부부 공동육아가 떠오르는 시대다.

시대가 변한만큼 아빠들도 변하고 있다. 변해야 한다. 변해도 된다!

바깥에서 일만 하고 집안에 오면 방안에만 있던 아버지의 자리가 달라지고 있다. 주방에 수시로 들어오고 요리를 하고 설거지를 한다.

함께 퇴근한 엄마는 어린이집에서 아이를 하원하고 아이를 돌본다. 서울까지 장거리를 출퇴근하는 남편 대신 가까이서 퇴근하는 나는 아이를 하원하고 아이를 돌본다. 저녁을 준비하고 남편과 아이들을 위한 요리를 한다. 주말이라도 남편의 자리를 만든다.

책상의 의미

주방이 엄마의 전유물이 아니듯이 서재는, 책상은 남편의 전유물이 아니다. 그렇다면 식탁은 나의 공간인가? 의문이 들 수 있다.

식탁은 함께 밥을 먹는 자리이고 밥을 먹다 보니 흘리고 치우고 또 식사할 시간이 오면 밥을 차려야 한다. 나의 책을 보거나 나의 글을 쓰다가도 식사시간이 되면 나의 것들을 치워야 한다. 가벼운 책을 보거나, 하루의 일과를 적거나, 아이들의 공부나 숙제를 함께 봐주는 공간으로 식탁은 좋다.

어떤 것이든 좋다. 작아도 좋다.

아주 작은 탁자와 의자 하나만 있으면 된다. 그게 나의 공간이고, 엄마의 존재하는 시간이다. 새로 사지 않아도 좋고, 집에 남아 있는 테이블이나 탁자 하나만 있으면 좋다. 그 위에 나의 노트와 책 한 권, 그리고 펜 하나가 놓이면 끝.

24시간 살림을 돌보고 아이들을 챙기고 남편과 그리고 나의 식사를 챙기는 시간 중 나에게 집중할 수 있는, 오롯이 나만의 공간은 나의 책상과 함께한다.

아이가 학교에 입학할 때쯤 엄마는 아이의 책상을 고르기 바빠집니다.

문득 '나'의 책상은? 아이 책상을 고르듯이 엄마의 책상을 생각해보는 시간이 되었으면 합니다.

나를 생각하는 시간은 나의 공간에서 샘솟을지도 모르니까요. 동그란 테이블에 후리지아 꽃 한 송이를 꽂아두는 건 어떨까요?

향긋한 봄 냄새를 물씬 풍기는 노란색 후리지아 향기처럼 우리의 마음을 살랑살랑 흔들어줄지도 모르니까요.

아빠의 책상이 있듯이, 엄마의 책상도 필요해. 엄마도 이곳에서 책도 보고 엄마의 시간을 가질 거야.

한번 읽어봐

초등학생이 되면 어떤 책을 읽어줘야 할까?

아이들은 어떤 책을 좋아할까? 요즘 스마트폰으로 영상을 즐겨보는 아이들이 많다. 나의 아이도 예외는 아니다.

초등 2~3학년이 되면서 연락을 하고 스스로 궁금한 영상은 찾아볼 수도 있는 핸드폰으로 바꾸어주었다.

내 마음 같아서는 핸드폰을 사주고 싶지 않았지만, 학교를 가지 않는 날들이 많아지고 학원이나 이동 시 연락이 필요했기에 나름의 규칙과 규율을 지켜 생활하도록 약속하고 핸드폰을 마련해주었다.

핸드폰 만큼이나 아이가 좋아하는 책을 마련해주어야 한다. 핸드폰도 시간을 정해 즐겨보지만, 하루의 일정 시간은 책을 보는 시간을 정해주어야 한다. 마치 양치하는 시간을 지키는 것처럼.

초등학생이 되면 어떤 책을 좋아할까? 내 아이가 즐겨 읽고 학교도서관에서 인기 있었던 책을 소개한다.

〈엄마는 단짝친구〉
엄마 때는 어땠지? 엄마 어린 시절은 지금과 다른가? 끊임없이 궁금한 내용을 이 책을 통해서 해소할 수 있었다. 엄마와의 소통창구를 하나 더 만들어 내준 보물이다. 과학 일기, 일기, 한국사 등 교육적인 부분을 엮어서 아이들이 좋아하는 만화형식으로 읽을 수 있어서 아이도 어른도 공감할 수 있다.

〈책 먹는 여우 시리즈〉
〈책 먹는 여우〉는 프란치스카 비어만의 저서로 전 세계적으로 큰 인기를 끈 책이다. 아이들도 어른들도 모두에게 인기가 많은 베스트셀러. 책을 사고 싶은데 책값이 없어서 결국 도서관에서 책을 야금야금 먹은 여우에 관한 이야기다. 아이들이 보기에도 기발하고 깜찍한 재미난 이야기가 눈길을 사로잡았다.

〈놓지 마 정신줄, 놓지 마! 과학〉

아이는 초등 1~2학년 때부터 이 만화를 좋아했다. 특히 놓지 마! 과학은 아이가 글자를 조금씩 알아갈 때 곁에서 조금씩 읽어주기도 했다. 대화문으로 된 만화형식이라 읽을 내용도 많았지만, 과학에 관한 한 내가 몰랐던 사실들이 학습만화 곳곳이 즐비하게 비치되어 있어서 나도, 아이도 과학이란 흥미로운 분야에 서서히 빠져들었다. 교과서에서 접하기 전에 이런 학습만화 부류의 알음알음 지식과 정보를 통해서 미리 교과목을 배울 수 있게 된 것이다.

〈쿠키런 시리즈〉

쿠키런 모험, 쿠키런 서바이벌 대작전, 쿠키런 세계사 등의 종류와 권수도 어마어마하게 많은 쿠키런 시리즈물은 아이에게 보는 재미와 읽는 재미, 캐릭터들을 파악하는 재미를 모두 잡았다.

〈카카오프렌즈〉

세계사와 관련된 책 중에 이만한 책이 있을까? 귀엽고 깜찍한 캐릭터들은 시간여행의 주인공이 되어 각 도시를 돌아다니며 재기발랄한 여행 이야기를 선물한다. 쫓고 쫓는 인물들 간의 이야기 속에서 세계 속 다른 도시들의 역사를 함께 들여다볼 수 있어 더욱 흥미롭다.

〈엉덩이 탐정〉

 아이들이 어린 시절 좋아하는 게 뭘까? 바로 똥, 방
귀, 엉덩이다. 엉덩이 모양의 얼굴을 한 탐정이 사건을
밝혀내고 범인을 찾아낸다. 팀을 이루며 사건의 실마리
를 잡고 범인을 추리해내는 시선을 따라가다 보면 어느
새 엉덩이 탐정에 푹 빠져든다.

〈흔한 남매〉

흔한 남매의 캐릭터를 정확하게 인지하고 서로 투덕투
덕 다투는 와중에도 쉴 새 없이 웃음 감각이 터진다.
먹음직스러운 라면이 나오는 영상에서 아이는 라면을
먹고 싶어서 하고 웃기는 춤추는 영상을 보며 따라 추
기도 한다. 유튜브 영상은 네 살짜리 둘째 아이까지 웃
음 바이러스에 빠져들게 했다.

 한번 먹어봐~ 의 경험
 한번 읽어봐~ 의 경험

 편식할수록 한번 먹어봐~의 경험이 소중하다. 채소와
채소를 싫어하는 건 당연하지만, 싫다고 계속 안주면
그 본연의 맛을 즐길 수가 없게 된다.
 이처럼 무엇이든 한번 먹어보는 경험, 한번 읽어보는
경험이 중요한 이유다.

그리고 당근 자체는 싫지만, 카레에 들어가거나 크로켓, 샐러드에 들어가면 함께 어우러지는 맛을 내듯이 글만 있는 책 자체는 싫지만, 〈안녕 자두야〉 시리즈처럼 글과 그림이 함께 어우러져 교육적인 부분과 재미를 느끼는 부분이 함께 가미된다면 책을 싫어하던 아이들도 책이 재미있다는 경험을 할 수 있고 책을 가까이하게 되는 기회를 잡을 수도 있게 된다.

초등학생이 되면 책의 사각지대가 생긴다.
이제까지 글자를 잘 몰라 아이 곁에서 그림책을 늘 읽어주던 엄마도 아이가 글자를 익히니 읽어주던 행동을 멈추게 된다.
그리고 그림책을 늘 접하던 아이들은 그림책에서 만화의 형식, 학습만화의 형식을 마음껏 받아들여 주는 경험을 통해 글이 있는 책으로 넘어가게 되는데 대부분은 학습'만화'라는 이유로 사기를 꺼리게 되는 경우가 많다.

그림책이 좋은 건 안다. 갓난아기 시절부터 작고 동그란 모서리의 그림책에서 시작해서 안고 서고 기어 다닐 때 거실에 뒹굴뒹굴하도록 책을 가까이해준다.
그림책의 그림과 글이 엄마·아빠의 목소리를 통해 들어오고 말이 트이고 어느덧 글자를 더듬더듬 읽어나가기 시작한다.

그림책--〉 만화 그림책, 학습 만화책 --〉 글이 많은
책

어린 시절의 그림책 경험은 부모와 함께한 좋은 경험
을 선물해주고 공감과 정서적인 부분에도 좋은 영향을
준다.
그림책을 통한 색감을 익히고 그렇게 마주한 빛과 색
감에 대한 기운이 알게 모르게 아이의 삶에 녹아들어
앞으로의 인생에 안목을 키워줄 수도 있다.

책으로 향한 질적인 성장을 하기 위해서는 양적으로도
충분히 수용 받고 접할 기회가 필요하다.

"또 만화책이야? 안돼" 하기 전에 두렵거나 위해를 가
할 수 있는 선정적인 종류가 아니라면 '만화라는 형식'
을 통해서도 충분히 책을 접할 수 있고 그림책에서 글
로 가는 과정이구나 생각할 수 있는 수긍, 포용, 여지
를 남겨두면 좋겠다.

의외의 장난감

 첫 아이 키울 때는 준비된 것이 없었다.

 그도 그럴 것이 조그만 빌라 한 칸에서 신혼살림을
시작했고 으리으리한 가구나 준비물들은 우리의 공간에
들어올 자리도 없었다.
 들어올 자리도 없었고 돈도 없었다.
 대신 튼튼한 다리와 아이를 잘 키우고 싶은 열정이
가득했다. 신혼을 즐길 사이도 없이 육아를 시작했다.

한 아이를 키우기 위해서는 준비할 것들이 상당히 많았
다.

아이가 태어나고 엄마가 종일 아이를 돌보아야 한다. 하루에도 몇 번씩을 씻겨야 하고 똥을 치워야 하고 기저귀 발진 생길까 봐 연고나 파우더를 발라야 한다.

모유를 먹으면 굉장히 자주 변이 나오기 때문에 옷도 자주 더러워진다. 자주 빨아야 하고 옷도 생각보다 많이 필요했다. 트림시키다가도 분유를 게워내기도 해서 상·하의 할 그것 없이(위아래 붙은 옷이 제일 편하긴 하다) 자주 갈아입히고 자주 빨아야 한다.

아기 손에 쥐여주어야 하는 딸랑이 등의 장난감도 한 땀 한 땀 새것으로 준비하거나 물려받아야 하고, 누울 자리가 편해야 해서 이불이나 담요 등 아기를 지키기 위한 모든 것이 필요했다.

유모차나 카시트, 아기 띠 이 삼총사는 떼려야 뗄 수 없는 육아 동지들이다. 물려받으면 제일 좋지만, 안전을 생각해서 내 아이가 오랜 기간 사용할 것을 생각하면 새것으로 가성비 좋은 품질의 것으로 장만하는 것이 좋다. 여력이 된다면.

첫째와 둘째 사이에는 연결고리가 있었다.
둘째는 태어나면서 첫째 때는 자주 접할 수 없었던 책에 둘러싸여 있었다.

첫째와 한 개, 두 개 사다 모으던 책들이 둘째 곁에 있었다.

잠자는 시간 첫째가 읽을 책을 가지고 오면 둘째도 이런저런 책들을 잡는다. 첫째가 좋아하는 '안녕 자두 야'라는 책이 있는데, 작은 만화책 형태로 나온 것을 몇 권 샀다.

둘째도 책을 장난감처럼 가지고 놀든 시기라 만져보라 하며 그대로 두었는데 이빨로 잘근잘근 모서리 부분을 깨물었다.

첫째는 속상한 마음에 울고 나는 속상한 첫째의 마음을 다독여주었다. 이가 나는 시기라서 간질거려서 깨물었다. 애지중지하던 자신의 책을 동생이 찢기도 하고, 낙서도 한다.

지금은 말을 알아듣는 시기라서 예전보다는 덜하지만, 그래도 언니의 책을 좋아하고 책에 낙서도 하고 그리기도 한다.

크레파스
한쪽 벽면에 책들이 꽂혀있다면 그 중앙에는 크레파스가 있다. 책과 함께 하는 친구다. 첫째가 유치원을 다니고 초등학교에 입학하면서 크레파스를 준비했다.

둘째 아이 어린이집에서 생일선물로 받은 조그만 크레파스도 있었다.

둘째는 이 크레파스만 있으면 종합 장이나 스케치북에, 혹은 바닥에 색칠한다. 한 손으로 크레파스를 움켜쥐는 것이 아니라, 정말 연필이나 펜을 잡듯이 크레파스를 제대로 잡는 것이 아닌가!

처음에는 언니를 보고 따라서 했나? 어떻게 잡으라고 알려준 것도 아닌데 보고 배운 것인지 어릴 때부터 곧잘 크레파스나 펜을 잡고 그리기를 했다.

특히 자신의 팔이나 다리에도 사인펜이나 펜으로 쓱쓱 칠한다. 볼펜 자국은 씻겨도 잘 씻어지지 않는다. 목욕물에 한참을 담가도 비누로 문질러도 며칠이 지나 지워졌다. 그런데도 아이가 스스럼없이 필기도구를 대하고 장난감처럼 재미나게 그리는 모습을 보면서 하지 말라고 제재를 가하지는 않는다.

가방스티커

내 아이의 육아를 차지하는 또 한가지는 스티커다. 특히 아기상어 가방스티커를 굉장히 좋아한다.

옆에서 내가 지켜보든 주방에서 설거지하든 아이는 한 곳에 오롯이 집중한다.

가방스티커 하나만 있으면 진득하니 한 자리에서 집중을 한다. 가방 모양으로 생긴 스티커 판에는 아기상어, 엄마 상어, 아빠 상어가 있고 차례대로 엄마~ 아빠~ 하며 말을 흉내 낸다.

이 스티커는 떼었다 붙였다 해도 지속해서 사용할 수 있어 유용하다. 보통의 스티커는 한번 붙이면 다시 떼어내기가 어려운데, 요즘 나오는 몰랑한 재질의 스티커는 아이들이 가져 놀고 거울에도 붙였다 떼어낼 수 있어서 위대한 발명 중 하나인 것 같다. 냉장고에도 잘 붙어서 교육용으로 좋다.

펜을 잡고 자신의 몸에 칠했듯이 스티커도 자신의 몸에 붙여본다. 엄마 몸에도 붙이고 아빠 몸에도 붙인다. 잠자기 전 졸려 할 때 스티커나 데일밴드(대일밴드도 스티커처럼 떼었다 붙였다 하며 사용하기도 한다)를 주면 자신의 몸에 붙이면서 놀다가 스르르 잠이 들기도 한다.

클레이

세 번째 내 아이에게 친근한 육아 도구는 클레이다. 사실 첫째는 슬라임을 굉장히 좋아한다. 1학년 때부터 사고 버린 슬라임도 아마 굉장할 거다. 슬라임은 진득하고 손이나 옷에도 잘 묻어서 사실 좋아하지는 않는다. 만지는 질감이 좋고 풍선처럼 부풀어 오르는 모습이 신기하다고 좋아해서 가끔 사주는 편이다. 첫째가 슬라임을 만지면 둘째도 달라고 조른다.

입에 무엇이든 넣는 시기는 지나서 지켜보면서 슬라임을 조금 떼어주었다. 언니를 따라하며 자기도 조몰락거리고 쓱쓱 문지르고 폈다 한다.

클레이도 슬라임처럼 죽죽 늘어나고 만지는 감촉도 좋았다. 아이를 위한 장난감용으로 클레이를 준비해두었다. 언니가 슬라임을 만지고 있을 때 자기도 놀고 싶다고 할 때 클레이를 건넨다.

둘째 아이가 사용하기에도 큰 거부감이 없고 만지는 느낌도 좋다. 슬라임과는 다르게 옷에 붙어도 쉽게 떼어낼 수도 있다. 무엇보다 촉감 놀이에 탁월하다.

만지면서, 조물거리면서 아이도 재미있어하고 한참을 혼자서 집중하면서 놀기도 한다. 손의 감각을 키워주는 영향도 크다.

바깥 외출이 쉽지 않은 요즘 진흙 하나면 함께 조물거리면서 재미난 시간을 보낼 수 있다. 손의 감각과 발달은 뇌와 인지기능에도 좋은 영향을 준다.

언니의 영향으로 제법 일찍 물감 놀이를 접한 둘째. 우리 집 베란다는 물감 수채화들로 알록달록하다. 노란색의 물감통에 물만 받아주면 첫째와 둘째는 거침없이 물감 놀이를 시작한다.

새하얀 벽지는 온데간데없고 베란다는 형형색색의 알록달록한 물감들로 색을 채운다. 자신의 몸을 사랑하고 아낌없이 그리는 둘째는 물감을 묻힌 붓으로 자신의 손에 쓱쓱 색을 칠한다.

물감 색이 손바닥 한가득 묻으면 벽에 손도장을 찍는다. 부드러운 붓의 물감 감촉이 좋다.

아이들은 색을 좋아하고 만지는 걸 좋아하고 이런 부드러운 감촉을 신기하게 알아낸다. 붓으로 한참을 색칠하고 자신의 몸에도 문지른다.

첫째 때와는 다르게 우리 집에는 장난감이 별로 없다. 대신 첫째와 다양한 장소로 데이트를 하면서 한 권 두 권 사다 모은 다양한 책들이 있고, 크레파스가 있고 스티커와 물감이 있다.

2~3만 원짜리의 장난감을 사는 것이 그 당시에는 좋았다. 첫째와 함께 놀기에 장난감이 필요했고 장난감을 참 많이도 샀다. 하지만 이후 시들해진 관심은 곧 나눔을 하거나 버려야 했다. 장난감을 사게 되면 둘 공간이 필요했다. 아이가 정말 좋아하는 3가지 정도만 남기고 나머지는 공간 등의 이유로 정리를 싹 했다. 장난감이나 교구, 블록도 필요하지만, 어느 정도만 있으면 된다.

의외의 물건, 크레파스, 스티커, 클레이 삼총사만 있으면 언제 어디서든 꺼내어 놀 수 있고 하얀색 종이에 색칠하고 그림을 그릴 수 있다. 무엇보다 장난감보다 가성비가 굉장히 좋다. 아이도 그리고 나도 그리고, 아이도 만지고 나도 만지고.

그렇게 오늘도 나는 아이와 추억을 쌓는다.

〈글을 마치며〉

엄마,
당신의 기분을 말해보세요

앤서니 브라운의 책 아시죠? 〈기분을 말해봐〉

거의 공식처럼 아이들을 키우는 가정이라면 갖추게 되
는 앤서니 브라운의 〈기분을 말해봐〉 그림책. 책 제목
에서 말하는 것처럼 기분을 말해봐, 내 기분을 표현하
는 것에 대해 나열해나가요. 어떤 기분이고 오늘은 어
떤 기분이고. 지금은 기분이 어때?

자, 아이들에게 마음을 표현하라고 알려주지요. 어떤
마음인지 표현할 수 있도록 이렇게 그림책에서 알려주

지요. 너의 기분은 어떠니? 짜증도 나고 우울하고 슬플 때도 있고 행복할 때도 있어. 그럼 나의 기분은요? 엄마의 기분은요.

아이는 부모를 보고 자란다고 하지요.
아이에게 아이의 시선에서 아이의 목소리를 듣고 아이의 눈빛을 바라보려고 노력합니다.
엄마라는 존재가 있습니다. 엄마의 기분을 표현하는 연습도 해봅니다.
지금 엄마의 기분은? 오늘 엄마는 기분이 이런데. 너의 기분은 어때? 엄마는 이게 제일 좋아.
엄마는 이걸 할 때 행복함을 느껴. 아이에게 기분을 묻듯이, 나에게도 기분을 물어보는 것이 필요합니다.

내 기분을 표현해보세요.
내 기분은 울적하고 지금은 좋지 않아.
지금은 이걸 먹어서 너무 행복해.
가끔 짜증이 날 때도 있고 슬플 때도 있어.
아빠가 오늘 늦는다고 해서 엄마 기분이 좋지 않아.
엄마는 커피를 마실 때 기분이 좋아.
엄마는 자갈치를 좋아해.
맛있는 음식을 먹을 때 너의 기분도 좋지? 엄마도 그래. 엄마는 매콤한 주꾸미를 좋아하고 매콤한 곱창도 좋아해.

같이 먹는 맥주도 참 좋아. 네가 조금 더 크면 같이 맥주를 마셔도 좋겠다.

하루에도 기분이 오르락내리락, 롤러코스터를 탑니다. 한없이 좋았다가도 우울해지기도 하고 롤러코스터 같은 날이 있습니다.

재미난 책을 보면 기분이 좋고 달콤한 케이크를 먹으면 우울했던 기분이 좋아지기도 합니다.

아이의 숙제를 봐주다가도 짜증이 나기도 하고 방에서 잠시 마음을 달래고 나오기도 합니다. 이젠 제법 고집이 생겨 자기주장을 하는 4살 꼬맹이 아가씨를 달래다가 화를 내기도 하고 미안해서 다시 안아주기도 합니다.

아이는 나를 보고 배웁니다. 나를 보고 따라 합니다. 어제 오은영 박사님의 영상에서 의미 있는 말을 기억해 냅니다.

마음을 표현하는 아이가 진실로 강인한 사람이라는 것을 배웠습니다.

나는 엄마입니다. 엄마인 나부터 내 마음을 표현해봅니다. 엄마는 참기만 하는 사람이 아니라, 엄마도 힘들 때가 있고 엄마도 먹고 싶은 것이 있어. 엄마도 좋아하는 것이 있고 가지고 싶은 것이 있어.

엄마도 그럴 때가 있어.

엄마도 그래도 돼. 그래도 돼.

이 말속에는 많은 생각이 담겨있습니다. 참기만 했던 엄마, 속마음을 누르기만 했던 엄마, 아이에게 희생만 했던 엄마에서 벗어나 그래도 되는, 힘들어해도 되는, 욕심내도 되는 나라는 온전한 한 사람이 됩니다.

마음도 배워야 한다는 걸 오늘 또 하나 배웠습니다. 정보와 지식이 넘쳐나는 시기에 정작 우리에게 중요한 마음을 배워야 하는 이유입니다.

내 마음을 표현하는 사람이 건강한 사람이고, 힘든 일이 생겼을 때 스스로 강인한 마음의 힘으로 극복해나가는 마음이 건강한 아이로 잘 성장하도록 돕고 싶습니다.

그러기 위해선 엄마의 마음부터 표현해보고 내가 싫어하는 것, 좋아하는 것, 내가 행복해하는 것을 마음껏 알려주세요. 거절도 하고 싫다고 말하는 마음이 멋진 엄마를 보고 아이는 따라 합니다. 그래도 돼, 힘들어해도 돼~ 그런 마음을 배웁니다.